FL SPA FIC GEN
Lewis, Jennifer.
Pasion intensa
33090020571354   2/20/14

Pasión intensa

JENNIFER LEWIS

HARLEQUIN™

LONG BEACH PUBLIC LIBRARY
101 PACIFIC AVENUE
LONG BEACH, CA 90822

Editado por HARLEQUIN IBÉRICA, S.A.
Núñez de Balboa, 56
28001 Madrid

© 2012 Jennifer Lewis. Todos los derechos reservados.
PASIÓN INTENSA, N.º 1911 - 24.4.13
Título original: The Deeper the Passion…
Publicada originalmente por Harlequin Enterprises, Ltd.

Todos los derechos están reservados incluidos los de reproducción,
total o parcial. Esta edición ha sido publicada con permiso de
Harlequin Enterprises II BV.
Todos los personajes de este libro son ficticios. Cualquier parecido
con alguna persona, viva o muerta, es pura coincidencia.
® Harlequin, Harlequin Deseo y logotipo Harlequin son marcas
registradas por Harlequin Books S.A.
® y ™ son marcas registradas por Harlequin Enterprises Limited y
sus filiales, utilizadas con licencia. Las marcas que lleven ® están
registradas en la Oficina Española de Patentes y Marcas y en otros
países.

I.S.B.N.: 978-84-687-2754-7
Depósito legal: M-2646-2013
Editor responsable: Luis Pugni
Fotomecánica: M.T. Color & Diseño, S.L. Las Rozas (Madrid)
Impresión en Black print CPI (Barcelona)
Fecha impresion para Argentina: 21.10.13
Distribuidor exclusivo para España: LOGISTA
Distribuidor para México: CODIPLYRSA
Distribuidores para Argentina: interior, BERTRAN, S.A.C. Vélez
Sársfield, 1950. Cap. Fed./ Buenos Aires y Gran Buenos Aires,
VACCARO SÁNCHEZ y Cía, S.A.

3 3090 02057 1354

Capítulo Uno

–Se pronuncia *seint sir* –Vicki St. Cyr se apoyó en el mostrador de la recepción del hotel. Estaba acostumbrada a que mutilaran su apellido.

–No se crea ni una palabra. No se puede confiar en ella.

La voz profunda y ronca la sobresaltó e hizo que girara en círculo. Esos brillantes ojos familiares estaban clavados en la recepcionista.

La mujer joven de detrás del mostrador alzó la vista y su cara adquirió ese destello tonto de una chica que de repente se enfrenta a las atenciones de un atractivo varón depredador.

–¿Puedo atenderlo en algo, señor?

–Se lo haré saber –Jack miró a Vicki.

Y ella sintió que la sangre le hervía.

–Hola, Jack –se dio cuenta demasiado tarde de que había cruzado los brazos en un gesto de defensa–. Qué raro verte por aquí.

–Vicki, qué sorpresa –la voz no mostraba más asombro que la de ella. Los ojos la atravesaron y desnudaron una parte pequeña de su alma, si es que aún le quedaba una–. Tengo entendido que me andas buscando.

Ella tragó saliva y se cuestionó cómo se había en-

3

terado. Había esperado disponer al menos del factor sorpresa. Aunque no sabía por qué, ya que hasta ese momento Jack siempre había ido dos pasos por delante de ella.

–Tengo una propuesta para ti.

Él se apoyó en el mostrador como un puma perezoso.

–Qué romántico.

–No esa clase de propuesta –al instante lamentó el tono seco y remilgado de su voz–. Una... propuesta de negocios.

–Quizá deberíamos ir a un sitio un poco más íntimo –sus ojos transmitían algo oculto a sus palabras. Miró a la recepcionista–. No va a necesitar la habitación.

Como un aluvión, la recorrió una oleada de deseo entremezclado con temor, expectación e incluso pesar por lo que iba a hacer. Se acomodó el bolso en el hombro. En ese momento era fuerte. Podía manejarlo. Tendría que hacerlo.

–¿Por qué no iba a necesitar mi habitación? –la pregunta no era más que una manera de disimular, ya que ambos conocían la respuesta.

–Te quedarás conmigo. Como en los viejos tiempos.

La boca, generosa y sensual, se amplió como la sonrisa de un cocodrilo. Los ojos incrédulos de Vicki estudiaron su trasero prieto enfundado en unos vaqueros ajustados y el modo en que la camiseta le marcaba los músculos de la espalda.

–¿Cancelo la habitación? –la recepcionista no

apartó la vista de él, ni siquiera cuando desapareció por la puerta giratoria–. La cancelación acarrea un cargo de cincuenta dólares porque ya…

–Sí –Vicki dejó su tarjeta de crédito sobre la superficie de madera. Se dijo que otros cincuenta poco importaban con todo lo que ya debía. Se ahorraría una fortuna al no tener que quedarse en ese hotel caro. Dos años de tratar de mantener las apariencias la habían dejado al borde de la mendicidad. De lo contrario, Dios sabía que no estaría allí.

Pero tiempos desesperados requerían medidas desesperadas, como atreverse a entrar en la guarida de Jack Drummond.

Cuando salió, Jack se hallaba al volante de su Mustang clásico. El intenso sol del sur de Florida azotaba el asfalto y lanzaba deslumbrantes reflejos contra el verde jade de la carrocería. El motor ya estaba en marcha y la puerta del acompañante abierta para que entrara.

Se preguntó si sabría que no tenía coche. En los viejos tiempos habría alquilado uno e insistido en llevarlo solo para tener una vía de escape. Pero en ese momento no gozaba de dicho lujo. Se acomodó en el suave asiento de piel.

–¿Cómo sabías que estaría aquí?

–Tengo espías por todas partes –no la miró al salir del aparcamiento y dejar el hotel atrás.

–No tienes ningún espía –aprovechó la oportunidad para estudiar su cara. Como de costumbre, tenía la piel bronceada y reflejos dorados en el pelo oscuro–. Siempre has sido un lobo solitario.

–Te has aproximado a los Drummond de Nueva York. Supuse que yo sería el siguiente.

Seguía sin mirarla, pero notó que apretaba con fuerza el volante. Vicki respiró hondo.

–Pasé unas semanas apacibles con Sinclair y su madre. Fue divertido ponerse al día con viejos amigos.

Una sonrisa asomó a la comisura de sus labios.

–Tú siempre tienes un motivo oculto. La diversión radica en descubrirlo.

–Mis motivos son muy sencillos –se puso rígida–. Ayudo a Katherine Drummond a localizar las piezas de un cáliz de la familia de trescientos años de antigüedad.

–¿Y lo haces por la pasión que te inspira la historia? –giró la cabeza y la sonrisa se agrandó–. Tengo entendido que te dedicas a las antigüedades.

–El cáliz tiene una historia interesante.

–Oh, sí –corroboró la profunda voz–. Tres hermanos, zarandeados por mares revueltos en su pasaje desde la hermosa Escocia, se despidieron en el Nuevo Mundo pero juraron que un día reunirían su tesoro familiar. Solo entonces el poderoso clan de los Drummond podría recuperar la buena fortuna de sus amados ancestros –lanzó una risa al viento–. Vamos, Vicki. Ese no es tu estilo.

–Hay una recompensa –era mejor la sinceridad. Lo probable era que Jack se sintiera más tentado por el dinero que por los sentimientos.

–Diez mil dólares –abandonó la carretera principal y entró en un camino comarcal sin pavimentar, flanqueado a ambos lados por palmeras y pinos altos–. Tengo basura más valiosa en el maletero de mi coche.

–Son veinte mil por pieza. Convencí a Katherine para que aumentara la recompensa con el fin de atraer a los mejores cazarrecompensas.

–Como yo.

–Como yo –se sintió complacida cuando él giró la cabeza hacia ella. Esa mirada oscura le provocó una sacudida de emoción. Viejos sentimientos largo tiempo enterrados empezaron a querer forzar su camino a la superficie. Experimentó un viso de pánico–. No es que necesite el dinero, desde luego. Pero si voy a buscar una copa antigua, bien puedo obtener un beneficio por ello.

–Y necesitas mi pericia de rastreador para reclamar la recompensa.

–Eres el buscador de tesoros de más éxito en la costa atlántica. He leído un artículo sobre tu nueva embarcación y todo el costoso equipo que contiene. Eres famoso.

–Algunos dirían infame.

–Y casi con toda seguridad el fragmento de la copa está en alguna parte de tu casa –había encontrado la primera pieza en el desván de la mansión del primo de él, Sinclair, en Long Island.

–Si es que existe –giró y se metió en otro camino comarcal no señalizado.

Los árboles desaparecieron con la misma brusquedad que el camino, que concluía en una playa. Jack giró a la izquierda y aparcó en un muelle de madera. En el extremo se bamboleaba un barco de considerable tamaño, resplandeciente, con barandillas cromadas de color blanco.

–Tu muelle me parece diferente de como lo recordaba.

–Ha pasado mucho tiempo –bajó del coche y avanzó por el embarcadero portando la maleta de ella con una agilidad felina.

–No tanto. Aquí había un edificio y un portón –y un banco sobre el que una vez habían hecho el amor bajo una intensa luna llena.

–Desaparecieron durante el último huracán. También los caminos se hacen cada vez más cortos.

–Debe de ser frustrante perder terreno valioso al mar.

–No si te gusta el cambio –metió la maleta en la embarcación y se volvió para verla avanzar.

La ayudó a subir a bordo. Ella fue hasta donde una silla mullida e imponente ocupaba una posición de predominio. Se sentó en ella y se aferró a los apoyabrazos.

A Jack siempre le había gustado la velocidad. Los motores entraron en acción con un rugido y la embarcación salió con brusquedad. Laura afirmó los pies en el suelo mientras daban botes sobre las aguas agitadas.

Al minuto la isla de Jack apareció en el horizonte. Las palmeras ocultaban cualquier construcción, dándole el aspecto de un sitio en el que, de quedar encallado allí, no sería difícil morir. Y ella estaría atrapada con Jack Drummond, a menos que tuviera ganas de desandar ese largo trecho a nado.

El muelle de la isla estaba igual que la primera vez que lo vio, años atrás. Construido con roca de coral y tallado con el elaborado estilo de algunos antepasados ricos de los Drummond, estaba flanqueado por dos torreones que en alguna ocasión probablemente ocultaron a hombres armados. Tal vez aún lo hacían, si eran ciertas las historias sobre la riqueza de Jack.

–¿Has perdido tu naturaleza marinera? –la sujetó por el brazo cuando las piernas le flojearon al tratar de bajar de la embarcación.

–No he pasado mucho tiempo en el agua últimamente.

–Es una pena.

La miró y, para su horror, sintió que se ruborizaba. No entendía cómo podía tener ese efecto en ella. Era ella quien se merendaba a los hombres. Jack no era más que un sujeto miserable de su pasado.

«¿Sigue considerándome hermosa?». El pensamiento súbito la atravesó con un aguijonazo de inseguridad. «¿A quién le importa? No has venido para conseguir que se enamore de ti. Necesitas su ayuda para encontrar el cáliz y luego podrás olvidarte de él para siempre».

Era evidente que la vieja casa de la isla era más fortín que una residencia acogedora. Paredes de piedra caliza se alzaban más allá del seto silvestre que separaba la franja de playa del interior de la isla. Solo dos ventanas diminutas atravesaban el exterior de piedra, aunque las puertas con remaches de hierro se hallaban abiertas al sol de la mañana.

–¿Tienes visita? –le surgieron pensamientos inoportunos en la mente, como la presencia de otra mujer. No se había atrevido a suponer que no tenía pareja, ya que las mujeres se acercaban a Jack Drummond como los tiburones a una herida abierta.

–Estaremos solos –cruzó el alto umbral arqueado y lo envolvió la sombra.

«Bien», pensó ella. En esa fase no necesitaba competencia. Resultaría embarazoso coquetear delante de otra persona. Intentar competir. Quizá lo hubiera disfrutado en los viejos tiempos, pero ya no tenía la seguridad atrevida de la juventud.

El suelo de mármol de varios colores del recibidor establecía un marcado contraste con la fortaleza exterior.

Puede que los antepasados de Jack hubieran sido piratas, pero también amaban las cosas hermosas, caras… lo que podría explicar la razón de que terminaran dedicándose a la piratería.

Y Jack, perteneciente a esa dinastía de buscadores de tesoros que se movía en la semiclandestinidad, había sobresalido en el negocio familiar y ganado más dinero, legalmente, en los últimos cinco años que todos sus antepasados juntos.

Llenó un vaso con agua de la enorme nevera de acero y se volvió hacia ella para ofrecérselo.

–Es demasiado temprano para champán, pero, de todos modos, celebro tu llegada.

El brillo travieso en sus ojos la desarmó mientras aceptaba el vaso. Se preguntó si de verdad se sentiría feliz de verla.

–El placer es mutuo –alzó el agua. Que comenzara el coqueteo–. Te he echado de menos, Jack.

–Esto se pone mejor por momentos. Sigo sin lograr descubrir qué persigues.

Le escoció su comentario tan poco romántico. Él se apoyó sobre la mesa de pino de la cocina y cruzó los poderosos brazos.

–¿No es suficiente con visitar a un viejo amigo mientras se ayuda a otro?

–No. Y la mitad de una recompensa de veinte mil dólares no basta para tentar a la Vicki St. Cyr que yo conozco. A menos que tu situación económica haya cambiado –entrecerró levemente los ojos.

Tragó saliva y se puso rígida, pero intentó no manifestar su ansiedad. La prensa aún no había olfateado el descenso súbito de su padre a la ruina financiera. La confusión creada por el ataque al corazón que le causó la muerte le había proporcionado una cortina de humo. Su madre se había escabullido a Córcega con un amigo rico de su padre y la única persona que quedaba defendiendo el fuerte vacío era ella.

–Siempre puedo encontrar algo bonito en lo que gastar diez mil dólares –jugó con su brazalete de plata, que probablemente valdría doce dólares–. Es una maldición que te eduquen para gustos caros.

–A menos que nazcas en una cuna de plata. Tú jamás has necesitado ganar dinero.

–Me resulta emocionalmente satisfactorio –si Jack se enteraba de que realmente necesitaba el dinero, estaría menos predispuesto a ayudarla. No sería capaz de controlar el impulso de jugar con ella–. Me hace sentir normal.

Él soltó una carcajada que reverberó por toda la estancia.

–¿Normal? Probablemente seas la persona menos normal que conozco, razón por la que disfruto tanto contigo.

–Ha pasado mucho tiempo, Jack. Quizá sea más convencional que lo que solía ser.

–Lo dudo –en su boca se asomó una leve sonrisa.

–¿Por qué te molestas en ganar dinero? –se dijo que quizá la mejor defensa fuera el ataque–. Podrías haber vivido cómodamente de las ganancias fraudulentas de tus antepasados, pero en vez de eso, sales todos los días a recorrer los mares en busca de doblones de oro como si en ello te fuera la vida.

–Me aburro con facilidad.

A Vicki se le encogió el estómago. Se había aburrido de ella. Ocho meses mágicos, y un día desapareció para ir en busca de un tesoro más escurridizo y una damisela nueva para su cama.

–Así es. ¿Y qué haces con todo el dinero que ganas?

–Parte lo gasto en juguetes nuevos, el resto lo dejo por la casa guardado en sacas –la miró de nuevo con ojos traviesos–. Tengo gustos caros, como los barcos, en particular el último que he comprado.

–Volviendo al cáliz. Forma parte de la historia de tu familia y probablemente esté guardado en algún rincón polvoriento de este lugar –con un gesto abarcó las paredes de piedra que los rodeaban–. ¿Alguna idea de dónde podría estar?

Jack ladeó la cabeza, como si intentara recordar.

–Ni idea.

–¿Podemos repasar los archivos de tu familia?

–Los piratas no se caracterizan por guardar archivos detallados. Es más difícil negar la posesión de cosas que están registradas.

–La gente no se enriquece tanto como tus antepasados siendo descuidada con el inventario de sus cosas –se llevó un dedo a los labios en gesto de reflexión–. Apuesto a que en alguna parte hay algunos viejos libros de contabilidad.

–Aunque los hubiera, ¿por qué iban a molestarse en catalogar un viejo cáliz sin valor? Probablemente, se deshicieron de él.

–¿De una herencia familiar? No lo creo –pero no pudo evitar un escalofrío–. Los Drummond están demasiado orgullosos de su antiguo linaje escocés. Mira –encima de la gran abertura donde en el pasado hirvieron grandes calderos se veía una cresta, con la pintura descascarillada de la madera gastada.

Jack sonrió.

–Guardaban archivos detallados –la estudió con detenimiento–. Y los he repasado todos casi con lupa. No se menciona ningún cáliz.

13

–No es la pieza entera. Encontramos el pie en Nueva York. Probablemente tú tengas o bien la base o bien la copa propiamente dicha, de modo que podría haber recibido una descripción diferente si la persona que lo hizo desconocía qué era. ¿Por qué no repasamos juntos los libros desde el principio y vemos si aparece algo?

–Aquí no hay nada de la primera persona que los generó. Él no construyó esta casa. Y por lo que sabemos, ni siquiera llegó a visitar la isla. Se ahogó en un naufragio con todas sus posesiones.

–Entonces –Vicki frunció el ceño–, ¿quién fundó esta isla y continuó con el linaje familiar?

–Su hijo. Llegó a nado y tomó posesión del lugar. Por entonces apenas contaba quince años de edad, pero rechazó a todos los que se acercaron con algunos mosquetes y municiones que logró salvar. Con el tiempo, logró robar y estafar a suficientes personas y así recuperar la fortuna familiar. Estoy convencido de que era un encanto.

Vicki iba desanimándose por momentos.

–Entonces, si su padre tenía el cáliz, habría desaparecido en el naufragio.

–Junto con todo su botín y su última esposa casi núbil.

Jack jugaba con ella. Incluso antes de subir al coche, había sabido que el artículo que ella había ido a buscar había desaparecido hacía tiempo. Aunque era un buscador de tesoros marinos.

–¿Sucedió lejos de aquí?

–En absoluto. El muchacho llegó a la costa en

este punto agarrado a un trozo de mástil. No puede haber más de un par de kilómetros.

—Vayamos a buscarlo.

De nuevo su profunda risa llenó la cocina.

—¡Claro! Arrojaremos un sedal y lo sacaremos de las aguas. La gente lleva años buscando ese barco.

—¿Y por qué no lo ha encontrado? —la recompensa de diez mil dólares comenzó a encogerse en su mente.

—¿Quién sabe? —se encogió de hombros.

—Vamos. Sé que tú debiste buscarlo.

—Al principio. La verdad es que estas aguas están repletas de viejos naufragios, y siempre encontraba algo distinto que me mantenía ocupado. La combinación de flotas españolas cargadas de tesoros en sus viajes habituales a La Habana con la temporada de huracanes convierte esta zona en el lugar ideal para un cazador de tesoros.

—Pero ahora dispones de un equipo mejor que entonces —el entusiasmo le hizo hormiguear la piel—. Apuesto que en ese barco había un tesoro cuando se hundió.

—Sin duda —la miró a los ojos con un destello de ironía—. Jamás pensé que te oiría suplicar acompañarme en una búsqueda del tesoro.

—¡No te estoy suplicando!

—Todavía no, pero si no te doy un sí, lo harás.

Su arrogancia hizo que tuviera ganas de abofetearlo.

—Solo te lo estoy pidiendo.

—No —cruzó la cocina y salió por una puerta que había en el otro extremo, desapareciendo de vista.

Vicki se quedó boquiabierta. Luego fue tras él. Lo vio en un corredor largo y de piedra.

—¿Qué quieres decir con ese no?

Él se volvió.

—Que no te llevaré a buscar una pieza de un viejo cáliz. Aunque sí me despierta curiosidad por qué lo anhelas tanto.

—¿Y si la leyenda es verdad y los Drummond no vuelven a ser felices hasta que se hayan reunido las piezas del cáliz? —enarcó una ceja con falsa indiferencia.

Jack le devolvió el gesto.

—Por lo que puedo percibir, ninguno de nosotros sufre en la actualidad.

—Y ninguno de vosotros está felizmente casado tampoco —aunque el primo de Jack, Sinclair, no tardaría en estarlo, en gran parte gracias a su intervención.

—Quizá por eso somos felices —continuó andando.

—¿Tus padres tuvieron un matrimonio feliz? —se apresuró en seguirle el paso.

—Sabes que no. Mi madre lo desplumó en el divorcio. Incluso consiguió esta isla.

Su madre era una famosa modelo nicaragüense que ya iba por el cuarto o quinto matrimonio.

—¿Lo ves? Los padres de Sinclair tampoco fueron felices. Es su madre la que impulsa la búsqueda de la copa. No quiere que él sufra como le pasó a ella.

—¿Cuántos años tiene Sinclair? ¿Todavía se gasta sus fondos de compensación en jardinería?

–Para que lo sepas, Sinclair es un hombre muy agradable. Y además, acaba de enamorarse.

–Ahí se esfuma tu teoría de la maldición familiar.

–A ver si lo entiendes. Su novia y él llevaban años suspirando el uno por el otro en secreto… ella es su ama de llaves y no fue hasta que se inició la búsqueda del cáliz cuando al fin se unieron –no mencionó su papel de celestina en dicha unión.

Él llegó hasta una puerta tallada y apoyó una mano en el picaporte.

–Qué tierno. ¿Qué pasa si yo no quiero enamorarme?

–Tal vez ya lo estés.

–¿De ti? –los ojos le brillaron.

–De ti mismo –su cuerpo había ganado volumen en los últimos años… todo músculo, y se lo veía más atractivo que nunca. Agradeció no ser tan blanda como antaño, de lo contrario corría el peligro de volver a enamorarse de él–. De acuerdo, eso ha estado fuera de lugar. Eres asombrosamente modesto para los logros que has alcanzado. Y supongo que no te faltarán mujeres locas por ti.

–Sin embargo, tienes razón –reconoció pensativo.

–¿En que estás enamorado de ti mismo?

–No. En que nunca me he enamorado. No realmente.

Dio la impresión de ir a decir algo más, pero no lo hizo.

Ella quiso soltar un comentario sarcástico sobre cuánto la había deseado todos esos años, pero tampoco habló. Demasiadas fantasías.

–¿Y crees que ha llegado el momento de hacerlo?

Todavía ante la puerta, Jack se frotó el brazo izquierdo.

–Quiero tener hijos.

Los ojos de ella se abrieron como platos. ¿Jack Drummond deseando una familia? Quizá se burlaba de ella.

–Tal vez alguno encalle en la playa durante la próxima tormenta.

–Piensas que bromeo, pero no es así. Me gustan los niños. Son divertidos. Le aportan una perspectiva diferente a todo y les gustan los juguetes tanto como a mí.

Vicki rio.

–Siempre estás lleno de sorpresas, Jack. Entonces, ¿por qué no hay críos corriendo por el Castillo Drummond?

–Aún no he conocido a su madre –ladeó la cabeza al mirarla–. Al menos eso creo.

–¿Lo ves? Necesitas encontrar la copa para poder encontrar a la esposa perfecta y poder empezar a construir vuestro equipo. Echémosle un vistazo a esos mapas tan complicados que te encantan y veamos si podemos averiguar dónde fue el naufragio –avanzó hacia él, y a pesar de sus protestas, pudo ver que sentía algo de interés.

–Veo que sabes que el camino al corazón de un hombre pasa por sus mapas náuticos –al final giró el pomo y abrió la puerta–. Pero primero vayamos a la cama.

Capítulo Dos

Entró en el dormitorio sabiendo que Vicki lo seguiría. Se consideraba una mujer atrevida e impredecible, pero él sabía que no lo era. Quería ese viejo cáliz por alguna razón y se la veía muy decidida a alcanzar su objetivo.

No pudo resistirse a darse la vuelta para disfrutar con la expresión de ella. Como había esperado, lo había seguido con indiferencia y observaba la estancia.

–Pasa –le dijo.

Ella dedujo que esa inmensa cama de roble llevaba allí desde que se construyera la casa.

–No me habrás traído aquí con la idea de seducirme, ¿verdad?

–La esperanza no tiene fin.

–Tienes que ser optimista en el juego de la caza de tesoros. Hay que centrarse en la recompensa.

Vicki llevaba el cabello oscuro mal recogido, con mechones que le caían alrededor de esas orejas preciosas. Bajó la vista al top negro que parecía confeccionado con piezas de una camiseta hecha jirones y vueltos a coser. Conociéndola, probablemente era de París y costaba dos mil dólares. Ocultaba su esbelta figura, pero él sabía que debajo había un cuerpo ágil con pechos erguidos y en punta y un estómago sobre el que se podían hacer rebotar doblones de oro. Un cinturón ancho de cuero le sujetaba unos vaqueros bajos y ceñidos que encapsulaban sus piernas largas y finas. Sintió una oleada de deseo.

—Y el premio es tentador, como de costumbre.

—Veo que con los años no te has vuelto más sutil.

—Tampoco mucho más sabio. ¿Y tú?

—Me parece que yo me vuelvo más tonta cada año que pasa —sonrió—. De lo contrario, ¿para qué habría vuelto aquí.

—Porque no podías quitarme de tu cabeza —observó su reacción con ojos entrecerrados. Sabía que solo era una fantasía. Probablemente, lo había olvidado diez minutos después de marcharse. Desde luego, eso había esperado entonces. La relación se había hecho demasiado intensa y había sido hora de levar anclas y hacerse a mar abierto.

—Te desterré como un mal hábito que se ha dejado —alzó el mentón—. Así que no te hagas ninguna idea de que he vuelto por ti. Solo lo he hecho porque te necesito.

—Apiádate de mi corazón —se llevó una mano al pecho y no le sorprendió descubrir que latía más deprisa que de costumbre. Vicki debía surtir ese efecto en cualquier hombre—. Ven a echarte a mi lado.

—Ni lo sueñes.

—Es importante.

—Nada es tan importante —cruzó los brazos en un

gesto defensivo. Experimentó un destello de deliciosos recuerdos… las caderas pegadas a las de Jack, que se arqueaban cada vez más alto y los empujaban a un reino de belleza y locura.

–¿Ni siquiera dar con tu preciada copa?

–No encuentro la relación en que acostarme contigo me acerque a mi objetivo.

–La cuestión es que debes unirte a mí en la cama para ver cómo van las cosas.

Frunció los labios y los ojos violeta claros lo estudiaron con intensa suspicacia.

–Desde aquí puedo verlo muy bien.

–No –él alzó la vista al techo. El tiempo había descolorido y oscurecido la imagen. El yeso se había agrietado por partes, pero el fresco aún mostraba la costa verde de la isla contra el azul claro del mar–. Vamos. Sube –palmeó las sábanas–. Para que puedas echarle un vistazo al viejo mapa.

–¿Qué? –miró arriba, pero sin lograr ver nada debido a los postes del dosel de la cama, que tapaban la imagen.

–Lázaro Drummond, el superviviente del naufragio, pintó el mapa encima de su cama para que, salvo él, nadie más pudiera verlo.

–Y sus amantes.

–Exacto –corroboró con una sonrisa.

Vicki se dirigió a la cama y subió lentamente por el otro lado. Se tumbó y apoyó la cabeza en la almohada. Y se olvidó de todo lo demás. Observó la pintura en silencio, casi sin respirar, durante un minuto entero.

–Creo que es el primer mapa real del tesoro que he visto jamás.

–Nunca se parecen a los que aparecen en las películas –disfrutó con su expresión fascinada y se preguntó cuándo había sido la última vez que besara esa boca descarada. El impulso de repetir la historia comenzaba a borbotearle en la sangre.

–No dejo de buscar la X pero sin éxito.

–La sirena sentada en la roca. Ella es la X.

–Mmm –la estudió con atención–. De modo que los restos del naufragio están al sudeste de la isla. ¿Hay algún tipo de escala para que podamos conocer la distancia a la que se encuentra?

–Si el tamaño de la isla ha sido dibujado con exactitud, estaría a tres kilómetros y medio de la cala más septentrional. En cualquier caso, es lo que siempre han supuesto los Drummond.

–Y ninguno la ha encontrado.

–Todavía no –la estudió con expresión de astucia.

Al final ella giró la cabeza para mirarlo. Los ojos le brillaban como diamantes.

–Para eso he venido.

–Puedo creer que traigas suerte.

–¿Suerte? ¿Y qué dices de mi mente aguda? –volvió a escrutar el fresco.

–¿Qué harás por mí si yo la encuentro para ti? –preguntó con una especie de ronroneo sugestivo.

–¿Hacer por ti? Obtendrás todo el botín que tu antepasado robó y se llevó consigo al fondo del océano. ¿Eso no es suficiente?

–Nunca es suficiente.

Ella volvió a girar la cabeza para mirarlo.

–¿Qué otra cosa tenías en mente?

Esa boca suave y carnosa irradiaba promesas. No le costaba nada imaginar que se adelantaba unos centímetros y pegaba los labios a los suyos.

La excitación le llegó a la entrepierna y le aceleró la respiración.

–Me gusta volver a tenerte en mi cama. Si te quedas en ella mientras buscamos, yo peinaré las profundidades del océano para ti.

Ella abrió mucho los ojos.

–Es una petición importante.

–También la tuya. Tengo proyectos que podrían mantenerme ocupado hasta 2050. Me pides que lo deje todo para ir en busca de un naufragio que la gente lleva buscando desde hace más de doscientos cincuenta años. Una cosa es cierta, no será fácil dar con él.

–Pero a ti no te gustan las cosas demasiado fáciles, ¿verdad, Jack?

–Así es, Vicki, no me gustan –respondió con una carcajada.

–Entonces, no puedo aceptar tu orden, ¿cierto? –se levantó de la cama y abandonó el dormitorio antes de que él pudiera poner en orden sus pensamientos.

Distraído por ese trasero embutido en los vaqueros ajustados, Jack pensó que lo conocía muy bien.

***

23

–Bien, ¿dónde está el barco? –Vicki se dirigió al salón y abrió un ventanal que daba a una amplia terraza de piedra.

–En el muelle.

–No me refiero en el que vinimos aquí. Hablo de tu barco de trabajo de alta tecnología.

–Ah. Está oculto.

–¿Es más valioso que los tesoros que encuentra?

–Algo por el estilo –la siguió a la terraza y entrecerró los ojos al sol de la tarde.

Tuvo que reconocerse a sí misma que se había sentido tentada a aceptar su oferta. Había estado casi irresistible en la cama, relajado y sexy, con esos poderosos músculos hundiéndose en la cama y la expresión distante y curiosa.

Pero como había manifestado, a él no le gustaban las cosas demasiado fáciles. Terminaba por aburrirse con rapidez. A cualquiera que pretendiera retener el interés de Jack, le convenía mantenerlo en ascuas. Y ella ya había fracasado una vez en dicho cometido, lo que incrementaba la presión.

–Confías en mí, ¿no? –le sonrió con dulzura.

Él volvió a esbozar esa sonrisa de felino perezoso.

–Al menos hasta donde puedo ver –avanzó un paso–. Veamos exactamente lo lejos que es.

Vicki tensó los músculos al leer la súbita intención en el cuerpo de él.

Con un grito, emprendió la carrera escaleras abajo hacia el césped, que crecía salvaje. Giró a la izquierda y buscó una abertura en el emparrado, pero ya era demasiado tarde. Las manos de Jack se cerraron en torno a su cintura y la atrajeron contra él.

El impacto emocional de volver a sentir esos brazos grandes a su alrededor la dejó sin aire. Sintió su aliento cálido en el cuello.

El deseo se desplegó en su interior, ardiente y líquido, debilitándola desde la cabeza hasta los pies. Podía girar en ese instante y darle un beso en la boca... pero eso pondría fin a la persecución, y era eso lo que excitaba a Jack.

—No te aprovecharías de una doncella indefensa, ¿verdad?

—Jamás. Pero, ¿de ti? Desde luego —respondió sonriendo—. Aunque eso no me dice mucho sobre cuánto puedo confiar en ti —se inclinó más—. Pero lo extraño es que confío. Jamás me engañaste ni me desviaste a un camino falso —sonó pensativo—. Al menos no que yo sepa.

—Y no pienso empezar ahora —quería moverse. Estar tan cerca de él empezaba a afectarle el cerebro. Y lo que era peor, su cuerpo comenzaba a reaccionar. Los pezones se endurecían contra su top, sentía un cosquilleo en el estómago, apenas podía confiar ya en sus rodillas. Y prefería morir antes de que se diera cuenta de que todavía tenía poder sobre ella—. Volviendo a tu preciado barco. Supongo que lo tienes en alguna cala oculta, ¿no?

—No, está en el muelle más profundo —retiró lentamente las manos de su cintura—. Sígueme —se apartó de ella y emprendió la marcha por el césped.

El alivio se mezcló con una sorprendente oleada de tristeza. Carente de sus atenciones cálidas, sintió la piel fría. Pero pensaba seguir manteniendo el control que había conseguido en esa ocasión.

El barco de Jack era de un azul oscuro, aclarado por el sol. No parecía especialmente importante o caro, pero probablemente lo mismo les sucedía a los tesoros que encontraba… al principio.

Con movimientos ágiles, él subió a bordo.

—¿Has buceado últimamente?

—No.

—¿Aún recuerdas cómo se hace?

—Más o menos —Jack le había enseñado a bucear años atrás. No le entusiasmaba demasiado volver a hacerlo—. ¿Necesitamos bucear? ¿No tienes un sónar que pueda encontrar el barco y un equipo de nanorobots que marche por el lecho oceánico en busca de los artefactos?

Él rio.

—Eso le quitaría toda la gracia —alargó una mano y la ayudó a subir a la cubierta oscilante—. A veces empleamos el sónar para buscar un naufragio, pero no siempre ayuda. Estos embudos su usan para abrir agujeros en el suelo marino con el fin de poner a la vista las cosas que han quedado enterradas bajo la arena. Después, todo depende de una vista aguda y paciencia.

—No das la impresión de ser muy paciente —el sol la obligó a entrecerrar los ojos. La embarcación estaba en perfecto orden, cada cordaje en su sitio y las superficies impolutas.

–Soy tan paciente como el que más –la sonrisa pausada la retó a discrepar–. Si algo vale la pena, puedo esperar una vida entera.

–Fascinante –miró los controles del barco. Probablemente no sería más difícil de maniobrar que un coche, si surgiera la necesidad–. Supongo que esa es la razón de que nunca te casaras.

–¿Quién ha dicho que nunca me casé? –la reacción de ella de levantar la cabeza con brusquedad le provocó una sonrisa divertida–. Solo dije que nunca me había enamorado. Pero me conmueve que te importe.

Vicki lamentó su falta de control.

–Entonces, ¿te has casado? –intentó sonar indiferente mientras se dirigía a otra parte de la cubierta. La idea de Jack jurándole fidelidad a otra mujer hizo que sintiera un nudo en el estómago, lo cual era ridículo. ¿Qué podía importarle?

–Todavía no. Pero podría haberlo hecho.

–Si hubiera alguien lo bastante loca como para aceptarte.

–Me gustan las mujeres locas.

Le recorrió el cuerpo con mirada lenta y ella sintió que se encendía, lo que la irritó.

–¿Por qué eso no me sorprende?

–Probablemente por eso me gustaste tanto.

Era como si la atravesara con la vista y se odió porque aún le atrajera tanto. Estar cerca de él bajo ese sol abrasador hacía que emergiera el deseo largo tiempo olvidado como si de un tesoro enterrado bajo el mar se tratara.

–No creo que te gustara tanto como dices –fue hacia la proa del barco. La cubierta se alzaba y bajaba con el constante oleaje del océano y tuvo que esforzarse un poco para mantener el equilibrio–. Pero tal vez me equivoque –se volvió hacia él, más segura con un poco más de distancia entre ellos.

–Puede que sí –convino con el ceño fruncido.

Vicki tuvo que reconocer que todavía no había superado del todo que la dejara al final de su ardiente romance. Y si por casualidad la chispa entre ellos volvía a encenderse, esperaba ansiosa la oportunidad de devolverle el favor.

El movimiento de la embarcación empezaba a marearla. Como Jack se enterara, sabía que se burlaría de ella.

–Bueno, ¿planificamos el inicio de la búsqueda para mañana? –así podría tomar una pastilla para el mareo antes de partir.

–No lo sé –estudió el horizonte antes de centrarse en ella–. ¿Has pensado en mi propuesta?

–Supongo que tiene sentido pasar tiempo juntos bajo el mapa. Estudiarlo.

–Será como en los viejos tiempos –comentó con algo más que una leve sugerencia.

Sin aguardar una invitación, bajó con cierta dificultad por el costado del barco al muelle.

–En realidad, no –en esa ocasión ella tendría el control de lo que sucediera y cuándo acabaría.

–¿Te marchas tan pronto? Iba a mostrarte el sónar.

–Lo veré en acción mañana.

Emprendió el regreso a la casa con la esperanza de poder llegar y echarse en alguna parte con rapidez. No quería que Jack la viera en un momento de debilidad.

En cuanto tuviera la recompensa, se sentiría fuerte. Diez mil dólares podían parecerle poco a sus viejos amigos, pero bastarían para sembrar las semillas de su nueva vida, en la que solo dependería de sí misma.

Oyó el ruido sordo de los pies de Jack al aterrizar en el muelle. Iba tras ella. Esbozó una sonrisa satisfecha. Se aseguró de contonear un poco más las caderas, sabiendo que los ojos de él se centraban en su trasero.

Creía haber logrado una victoria al conseguir que aceptara acostarse con él. No se imaginaba que ese había sido su plan desde el principio. También ella lo disfrutaría. No había tenido una relación sensual en casi un año. Había estado demasiado ocupaba eludiendo a acreedores y tratando de ocultar su precaria situación económica. No había querido entablar una relación íntima en la que tal vez tuviera que abrirse a alguien.

Con Jack no le sucedería algo así. Sus muros personales eran tan gruesos como las almenas de su hogar ancestral, y jamás los derrumbaría. Podían hacer el amor toda la noche y mantener los corazones bien encerrados bajo llave.

Las pisadas de él se acercaban y Vicki contuvo el impulso de acelerar la marcha. De hecho, aminoró para dejar que la alcanzara.

–¿Existe la esperanza de poder cenar en tu isla desierta?

–Ayer capturé un pez espada grande. Podemos asarlo.

–¿No se suponía que no debíamos comer pescado ahora que hemos envenenado los océanos? Una amiga mía está embarazada y su médico le dijo que las toxinas pueden afectar a los genes y provocarle daño a los futuros bebés que tengas.

–A mis hijos puede que les divierta tener tres ojos –sonrió–. ¿Te preocupa tu propia descendencia?

–Yo no tendré hijos –aseveró con énfasis–. Así que puedo comer todo el pez espada que quiera.

–¿No puedes tener hijos? –la sonrisa se desvaneció de su cara.

La sorprendió el cambio súbito de conducta. ¿Qué podía importarle que tuviera o no hijos?

–No quiero. No estoy hecha para ser madre. Demasiados pañales y llanto para mi gusto.

–¿Es que tu madre hacía esas cosas? –preguntó con una carcajada.

–No, para esas tareas contrató a una niñera –aceleró el paso, ya que la conversación adquiría ribetes demasiado personales.

–Tú podrías hacer lo mismo.

–No, gracias. Me esfuerzo para no acabar siendo como mis padres.

–Yo también. A diferencia de mi padre, pretendo estar vivo a los cincuenta años.

Algo en su tono la impulsó a girar la cabeza para observarlo. Tenía la expresión velada.

–Me enteré de su muerte. Lo siento. Fue en un accidente de avioneta, ¿verdad?

–No fue un accidente –marchó con firmeza sin apartar la vista del frente–. Llevaba años tratando de matarse.

La casa se alzaba entre los árboles.

La maldición de los Drummond. Vicki recordó a Katherine Drummond suplicándole que la ayudara a encontrar los fragmentos perdidos y así eliminar la maldición que había azotado a la familia durante siglos. Al principio se había negado pero era evidente que los Drummond no parecían tener demasiado suerte en la vida. Podían ganar dinero las veinticuatro horas del día, pero cuando se trataba del matrimonio o de la armonía familiar, entraban en una zona catastrófica.

–Ha descendido un silencio incómodo –musitó Jack con leve tono burlón–. Entonces, pez espada. Dejemos que nuestros hijos aprendan a jugar con la mano ominosa que se les reparta.

–Estoy segura de que saldrá delicioso.

–Recuerdo que era tu pescado preferido.

Abrió una puerta lateral de la casa. Algo en el tono de su voz hizo que ella contuviera la respiración. ¿Qué más recordaba? ¿Cómo lo había llamado en plena noche solo para oírlo hablar? ¿Cómo suspiraba cuando le besaba el cuello?

El momento en que había cometido el amargo error de decirle que lo amaba.

Eso no era una pregunta. Probablemente lo recordara, a menos que, de algún modo, hubiera podido reprimirlo. Ese pequeño desliz lo había hecho huir.

Lo siguió al interior fresco y umbrío.

—Se te ve muy callada.

La voz la sacó de su ensimismamiento.

—Por mi cerebro pasan muchas cosas que no se canalizan por mi boca —se apoyó en la encimera de la cocina con una sonrisa en los labios.

—Qué enigmática —extrajo una botella de vino de un botellero grande que había en una pared—. *¿Pinot grigio?*

—Claro —admiró la definición del bíceps mientras tiraba del sacacorchos con un movimiento veloz y seco. Se dijo que lo mejor era que aprendiera a contener sus deseos desbocados, algo que parecía casi imposible.

Jack le pasó una copa de vino dorado.

—Por el tesoro.

—Por el tesoro —Vicki sonrió y alzó la copa. El vino sabía delicioso, suave, exuberante y refrescante después del ardiente sol del exterior—. Joyas, monedas y lingotes de oro para ti, parte de un cáliz antiguo para mí.

—Eso no suena justo —los ojos le brillaron—. Quizá tengamos que buscarte un collar de oro o algunos anillos.

Ella alzó una mano pálida y delgada.

—Como puedes ver, no llevo anillos.

—Quizá cambies de idea por la persona idónea.

—No cuentes con ello —no pensaba vivir su vida según las reglas de nadie—. Pero los vendería encantada por un beneficio importante –le dedicó una sonrisa luminosa–. De hecho, es el futuro negocio que tengo pensado, así que sería un buen comienzo.

–Tengo entendido que trabajabas para una casa de subastas.

–Fue mi aprendizaje. Ahora que sé lo que valen las cosas, planeo ir por mi propia cuenta –bebió otro sorbo de vino–. Está muy bueno. Sabe a vino caro.

–Conoces lo que valen las cosas –confirmó.

–Eres gracioso, Jack. Siempre te muestras tan ecuánime y te comportas como si el dinero no te importara, pero disfrutas de las mejores cosas que puede ofrecer la vida.

–Una de mis muchas flaquezas.

–Mmm, hace que me pregunte cuáles son las otras.

–La pasión por una amante caprichosa –la miró por encima del borde de la copa.

–El mar –no podía ser una mujer real.

Él asintió.

–Aunque conmigo ha sido generosa.

–Te está dando todas las riquezas que le quitó a cientos de hombres y mujeres que han muerto en estas costas a lo largo de siglos.

–Ya dije que era caprichosa.

–Y es evidente que tiene sus preferidos.

–Vayamos a sentarnos donde podamos verla.

La guio hasta una terraza que ofrecía una vista de las aguas por encima de las dunas y las algas.

Azul y estable, el océano se extendía ante ellos como un todo de terciopelo. Podía oír las olas al romper en la playa. Jack la llevó hasta un elegante sofá. Una vez sentados, él pasó un brazo por el respaldo.

Los hombros y el cuello de Vicki hormiguearon sensibles a esa proximidad. Desde luego, Jack lo hacía adrede. Su intención era seducirla, y quizá le dejara, pero no hasta que al menos hubieran zarpado en busca de la copa. De lo contrario, una vez conseguido lo que quería, corría el riesgo de que la despidiera.

Le dio vueltas a la copa.

—Debido a la recompensa, es posible que haya más gente buscándola. Debemos movernos deprisa.

—Empezaremos mañana en cuanto haya luz.

—¿Y qué hora es esa?

—A las seis, aproximadamente, es cuando comienzas a distinguir el mar de la costa.

Sintió un nudo en el estómago. Necesitaba algo para el mareo. De haber sabido que el cáliz se hallaba bajo el mar, habría ido mejor preparada.

—¿Dónde está la farmacia más próxima?

—¿Dolor de cabeza?

—No —titubeó—. Puede que mañana, en el barco, necesite algo para el estómago —evitó su mirada—. Siempre es bueno estar preparada.

—No te preocupes. Mi despensa está bien equipada —se dijo que quizá le diera un placebo para que estuviera todo el tiempo inclinada sobre la borda, suplicando misericordia. Sonrió para sus adentros–. A veces permanecemos en el mar durante días seguidos. Semanas incluso.

–No estoy segura de poder sobrevivir todo ese tiempo atrapada en un barco contigo, Jack.

–Sospecho que podrías sobrevivir a todo –movió el brazo detrás de ella y sintió un ligero temblor–. Por fuera se te ve delgada y frágil, pero estás hecha de un material resistente.

–Eso espero –porque necesitaba sobrevivir a esa prueba. Estar tan cerca de Jack comenzaba a surtir un efecto peligroso en su cordura–. Supongo que solo el tiempo lo dirá.

–Se te ve diferente –continuó él mientras estudiaba su rostro con ojos entrecerrados.

–Hace seis años que no nos vemos –se preguntó si él parecería mayor–. Se te ve igual.

Lo cual no era cierto.

Se encogió un poco ante el escrutinio que le estaba haciendo. Era una persona completamente distinta de la muchacha impetuosa, segura y atolondrada que había ido de fiestas y tenido sexo con él en la playa un verano. Que había creído que el mundo era suyo. Los años le habían enseñado que al mundo le era indiferente y que los cimientos de su vida, los privilegios y la riqueza proporcionados por su orgullosa familia, se habían alzado sobre una ilusión.

Desde luego, no iba a dejar que él lo averiguara. Sería su secreto hasta que consiguiera volver a levantarse.

Esperaba no hablar en sueños.

Capítulo Tres

Jack asó su delicioso pez espada y lo sirvió en la terraza con pinchos de verdura a la parrilla. En la distancia podían ver las luces de los barcos pesqueros y el esporádico crucero, pero en la isla reinaba la quietud y el silencio.

—Esto es muy apacible —Vicki miró hacia las dunas—. ¿Te vuelve loco?

—Quizá por eso siempre he estado loco —se reclinó en la silla —las velas encendidas en el antiguo candelabro que había sobre la mesa proyectaban sombras sobre sus duras facciones—. Pero lo necesito. Me ayuda a recargar las baterías.

—Mmm —bebió otro sorbo de vino y de pronto se dio cuenta de que casi había tomado tres copas, lo que la llevó a apartarla fuera de su alcance. Corría peligro de achisparse.

—¿A ti aún te gusta vivir en la ciudad? —Jack cruzó las manos detrás de la cabeza.

Esos bíceps poderosos la hicieron tragar saliva.

—Sí. Creo que me encanta ser una cara anónima en la multitud. No puedo imaginarme viviendo en un pueblo pequeño donde todo el mundo sepa quién soy.

—Suena como si huyeras de algo. O alguien.

–Quizá es que prefiero estar fuera de juego –sonrió y realizó un esfuerzo consciente para no volver a alzar su copa.

–¿Algunas vez pensaste en mí… ya sabes, a lo largo de los años? –preguntó él súbitamente con voz ronca y baja.

–Desde luego que no. Tú me dejaste, ¿lo recuerdas? –el nivel de adrenalina se le elevó. Se dijo que eso tenía que surgir tarde o temprano. Lo mejor era quitárselo de encima.

–Siempre me sentí mal por el modo en que me fui. Achácalo a la inmadurez juvenil.

Costaba leerle la expresión a la luz titilante de las velas, pero imaginó que veía un vestigio de timidez en sus ojos.

–No te hagas ilusiones de que he pasado los últimos años añorándote. Desde entonces he tenido relaciones más traumáticas –respiró el aire marino.

–¿Sí? ¿Alguien te rompió el corazón?

–Imposible. Ahí solo tengo engranajes que lo hacen funcionar –el repentino frescor del aire nocturno le puso la piel de gallina. Se frotó los brazos–. Puede estar un poco oxidado, pero no tiene nada roto.

Él rio entre dientes.

–Tengo lubricante para los engranajes oxidados.

–Apuesto que sí –le costó mucho no sonreír. Era casi imposible sentirse furiosa con Jack Drummond en su presencia. Eso tenía lugar después, al darse cuenta de que la había manipulado–. Pero puedes dejarlo en tu caja de herramientas. Me gusta pensar en mi óxido como una barrera de protección.

–Me siento celoso –se estiró–. Empiezo a pensar que cometí un error entonces.

–Uno de muchos, supongo –se afanó en mostrar una fachada de serenidad y ecuanimidad.

–Tú lo sabes. Pero todos y cada uno de ellos fueron divertidos.

–Solo piensa en toda la diversión que nos habríamos perdido si nos hubiéramos enamorado locamente y hecho algo tan estúpido como casarnos –cruzó los brazos. Empezaba a hacer frío–. Habría sido todo un acto de rebeldía en aquella época.

–Sí –corroboró riendo–. A tus padres les habría dado un ataque ante la idea de que su princesa se hubiera casado con un holgazán de la playa.

–Hasta que hubieran sabido lo asquerosamente rico que eras. Entonces habrían orquestado una recuperación milagrosa y te hubieran dado la bienvenida con los brazos abiertos. Todo habría sido muy aburrido.

–Nos ahorré eso al huir como un cobarde ante el primer vestigio de emoción.

Ella se quedó quieta. Él acababa de reconocer que recordaba.

Te amo.

Ella lo había dicho alto y claro por primera y única vez en su vida. Antes se cortaría el cuello que repetir esas dos palabras.

–¿Emoción? No estoy segura de haber sido capaz alguna vez de experimentar algo así.

–Yo tampoco. Lo enmaraña todo. Mejor dejárselo a los que tienen espacio en sus vidas. Hablando de lo cual, deberíamos irnos a la cama –los ojos le centellearon–. Porque necesitamos levantarnos muy temprano, por supuesto –su mirada firme y oscura sugería algo más que un sueño reparador.

Vicki experimentó una sacudida en alguna parte de su estómago.

De pronto su plan de disfrutar de los placeres del cuerpo de Jack le pareció la idea más estúpida que había tenido jamás. Quizá porque estaba cansada y toda esa charla de viejas heridas la hacía sentir vulnerable.

–¿Sigues durmiendo en la misma habitación debajo del mapa?

–Por supuesto. Siempre ha sido el dormitorio del capitán.

Jack recogió la botella y las copas de la mesa. Ella titubeó un segundo antes de imitarlo con los platos y cubiertos. Se había acostumbrado a que la atendieran en la casa de Sinclair Drummond... por la mujer con la que acababa de comprometerse.

–Ese mapa ya debes estar grabado a fuego en tu mente.

–Pero no me ha ayudado a localizar el tesoro.

–¿Puede ser que lo estés interpretando mal? –entraron en la casa–. Quizá necesita una perspectiva diferente –no quería especular con la cantidad de ojos femeninos que debían haber contemplado dicho mapa a lo largo de los siglos.

–Me encantará que me des tu visión. Creo que lo hemos leído de todas las maneras posibles en que se puede leer.

–Está ahí, en alguna parte. Lo siento en los huesos –lo miró de reojo mientras caminaban juntos por el pasillo en dirección al dormitorio.

–Apostaría dinero a favor de tu intuición.

–Y harías bien. Yo uní a tu primo Sinclair con su novia. En cuanto vi cómo se miraban, supe que estaban hechos el uno para el otro.

–¿Salían juntos?

–No, ella le servía el café de la mañana y le planchaba las servilletas de lino, pero me aseguré de que Cenicienta fuera al baile con su apuesto príncipe y desde entonces todo ha ido como la seda –casi todo. No hacía falta mencionar la parte en la que su horrible ex esposa de pronto descubría que estaba embarazada–. Desde luego, él ahora cree en mis corazonadas.

–Entonces, yo también lo haré y pondré mi equipo y experiencia a tu disposición.

Abrió la puerta del dormitorio, tenuemente iluminado por candelabros de pared, que le daban un aire romántico. La cama parecía mucho más pequeña de lo que Vicki recordaba.

–Va a ser muy justa para los dos.

–Mejor –durante un segundo esbozó una sonrisa. Luego recuperó una expresión más caballerosa–. Dejaré que te cambies a tu gusto mientras voy a cerrar la casa.

–¿Cerrar? Estamos en una isla. ¿A quién intentas mantener fuera?

–Quizá deberías preguntar a quién intento mantener dentro.

Desapareció antes de que a ella se le ocurriera una réplica ingeniosa. En un rincón vio su maleta y corrió a ponerse el pijama antes de que él pudiera volver y la viera desvestirse.

Se puso un sujetador y unas braguitas como armadura adicional bajo el pijama de dos piezas de algodón blanco. No es que esperara que él hiciera algo impropio mientras dormía; no era su estilo. Si planeaba un asedio, lo abordaría estando ella bien despierta.

Le preocupaban sus propias defensas. No quería que ninguna parte de ella comenzara a deslizarse hacia el lado de él del colchón en busca de un roce casual con esos bíceps o uno de los poderosos muslos. Lo mejor era mantener todo bien sujeto y cubierto.

Se lavó la cara en el lavabo de ónice. El espejo era antiguo, moteado de punto oscuros. Al verse, se sobresaltó. Era como si hubiera contemplado una versión onírica de sí misma, pálida y demacrada, perdida en un mundo extraño. Le dio la espalda con celeridad. Al regresar al dormitorio, Jack ya estaba allí, quitándose con indiferencia la ropa y revelando su físico bronceado. Hizo un esfuerzo por no mirar, pero resultaba difícil.

Ya no era un joven bronceado, sino un hombre en la plenitud de la vida. Con hombros lo bastante anchos como para soportar el peso del mundo. Cuando se bajó los vaqueros, se quedó atónita ante la palidez de su espalda.

Él debió oír su asombro, porque giró la cabeza.

–Espero no ser grosero al desvestirme aquí. Ya lo has visto todo con anterioridad.

–Es tu dormitorio. Haz lo que te apetezca.

Para distraerse, sacó el teléfono móvil del bolso y luego fue a meterse en la cama. Una vez entre las sábanas suaves, comprobó los mensajes. Nada interesante.

Dirigió la mirada al mural del techo. La línea de la costa verde con una hilera de palmeras, el mar azul, la sirena sentada en su roca. Nadie diría que era una obra de arte. Se veía oscurecido por siglos de humo de velas, de pipas y de lo que fuera que los antepasados piratas de Jack hubieran quemado allí. Sería interesante ver lo que una cuidada limpieza podía revelar.

–¿Cómo mides las distancias en el mapa para saber dónde buscar? –evitó mirarlo mientras se dirigía a la cama y se metía en ella desnudo, por lo que Vicki podía deducir.

–Comenzamos a unos pocos metros de la costa y seguimos avanzando hacia el norte en el mismo ángulo. No fue demasiado científico. Le dediqué casi dos años y estoy seguro de no haber sido el primero.

–Uno de tus antepasados pudo haber encontrado el naufragio y rescatado todo lo que contenía –la piel le hormigueó con la incómoda percepción de que el cuerpo desnudo de Jack compartía el mismo espacio oscuro y reducido con el suyo.

–Quizá lo encontrara. ¿Rescatar el contenido? Imposible. Hay un declive pronunciado mar adentro, y el pecio está en alguna parte más allá. Hay demasiada profundidad para que alguien sin un equipo sofisticado lo pueda explorar. Es imposible que se pudiera hacer antes del siglo XX, y si fuera algo reciente, yo lo sabría.

Giró hacia ella, tan cerca que casi podía sentir el aliento cálido sobre su piel. Las terminaciones nerviosas le palpitaron y hormiguearon… con el deseo de levantarse de un salto para ponerse a salvo. Con gran esfuerzo, logró mantener la vista en el techo. En la tenue luz procedente del móvil, las sombras en la escayola le avivaron la adrenalina.

—¿Tienes una linterna?

—Claro —giró y alargó el brazo hacia atrás—. Siempre mantengo una cerca de la cama. A menudo se nos va la electricidad durante las tormentas.

Al aceptarla, gozó de un vistazo de esos pectorales bronceados.

—Gracias —con cuidado de no desnudarlo aún más, se puso de pie en la cama, con la linterna por encima de su cabeza mientras iluminaba el techo—. Interesante —levantó más el brazo y trató de mantener el equilibrio sobre la precaria superficie del colchón, ya desnivelado por la forma pesada de Jack.

—¿Qué ves?

—La escayola tiene algunas grietas diminutas, pero aún hay color detrás. Creo que bajo esta pintura hay otra.

—Estás de broma.

Tuvo que hacer equilibrios mientras él se sentaba.

–Ya deberías saber que no me gusta gastar bromas –con cautela, estiró el brazo y tocó una de las grietas en la superficie, rascando levemente con la uña. Se desprendieron unos fragmentos pequeños de yeso, pero la superficie debajo permaneció intacta. Y se veía que estaba definitivamente pintada–. Me pregunto si alguno de tus antepasados cubrió el mapa verdadero con uno falso para despistar a posibles rastreadores.

–Si fue así, ha funcionado muy bien. ¿Cómo quitas la capa superior?

–Parece que alguien colocó una capa nueva de escayola sobre el cuadro anterior. En ese caso, deberíamos ser capaces de desprenderla. Mira… –señaló una grieta en el fresco–. Hay una parte azul debajo de esta zona verde. Es lo que me hace creer que hay otro cuadro.

Jack se puso de pie y todo el colchón se ladeó hacia su lado. Ella luchó por mantener el equilibrio, pero tuvo que alargar una mano para estabilizarse en su torso. En cuanto se recobró, apartó la mano con celeridad, como si se le hubiera quemado la piel.

–Por supuesto –agregó Vicki–, quitar la primera capa destruirá el cuadro. Sé que es parte de la historia de tu familia.

–Los Drummond tenemos demasiada historia familiar.

–Hay modos de desprenderla, usando pegamento y tela para trasladarla a una nueva superficie, pero tendríamos que localizar los materiales, y es algo que nunca antes he hecho, de modo que requerirá cierta investigación y experimentación…

—Iré a traer un par de cinceles —Jack saltó de la cama.

Volvió a desequilibrarla y a ella no le quedó más opción que alzar el brazo hacia el techo. Donde los dedos se encontraron con la superficie, podría haber jurado que sintió que se agrietaba levemente, listo para soltarse, caer y revelar sus secretos.

Soltó un suspiro casi inaudible. En vez de una noche incómoda compartiendo sábanas con él, parecía que los esperaba una noche interesante de descubrimientos.

Era eso o la destrucción de una herencia de los Drummond. Sacó su cámara del bolso y tomó unas cincuenta fotografías de la pintura desde todos los ángulos, por si quitarla resultaba ser un error.

Jack regresó un minuto más tarde portando una caja de herramientas de madera y enfundado en unos pantalones cortos de color caqui que le cubrían todas sus partes masculinas, algo que ella agradeció para sus adentros. Vicki hurgó en la caja y se decantó por un viejo destornillador de punta plana y un martillo pequeño.

—Queremos usar algo romo para no atravesarlo. Con suerte, si podemos resquebrajar la superficie, se caerá como ya ha empezado a hacer.

Fue la primera en empezar, golpeando con suavidad junto a uno de los agujeros ya existentes. Unas grietas como telarañas comenzaron a extenderse por la escayola, siempre unos pocos milímetros por vez. Ella apenas respiraba. A pesar del temor que la embargaba de que pudiera tratarse de un estúpido error, prosiguió, y pasados unos dos minutos, un trozo de yeso no más grande que una uña cayó sobre la cama. Debajo se veía más del color azul índigo que ya había vislumbrado.

–Será mejor que vayas a buscar una tela con la que cubrir la cama o tus sábanas se ensuciarán –indicó con una sonrisa.

–No te preocupes por eso –Jack recogió el martillo pequeño y comenzó a golpear–. No puedo creer que haya dormido debajo de esta cosa durante años y que jamás se me ocurriera mirar bajo la superficie.

–Entonces, es más bien un milagro que yo haya regresado a tu vida, ¿no?

–Desde luego que sí.

A Jack le dolía el brazo de mantenerlo alzado por encima de la cabeza mientras martilleaba. No podían arriesgarse a ser demasiado agresivos y dañar el segundo cuadro, por lo que el avance era lento. Pasadas las tres de la mañana, habían revelado suficiente como para ver que realmente había otro mapa pintado debajo con tonos más ricos y saturados. Ese solo mostraba la costa de la isla, un perfil detallado con recovecos, rincones y salientes rocosos. El resto del cuadro, hasta donde habían limpiado, era todo mar de un azul intenso. Ni rastro de una X o de una sirena.

–¿Qué te parece si descansamos? –a Jack también le dolían las piernas de estar de pie en la cama. Hacía que la cubierta de un barco pareciera firme. Pero la visión del cuerpo ágil de Vicki a simples centímetros del suyo le daba la suficiente fuerza para proseguir.

–No. Necesitamos zarpar mañana. Hay una recompensa por la copa, no lo olvides.

–¿Y cómo se supone que alguien la va a encontrar cuando ni siquiera sabe que se halla bajo el mar?

–Lo deducirán –enfrascada en su tarea, respondió sin mirarlo–. Créeme, no será tan difícil. Algo me dice que hay libros escritos sobre tus antepasados y sus tesoros.

–Supongo –se encogió de hombros–. No obstante, la recompensa no es lo bastante grande como para atraer a cazatesoros importantes.

–No, pero el tesoro sí, y en cuanto otra gente se ponga a buscarlo, querrán participar. ¿Cómo te sentirías si algún aficionado a los detectores de metales lo hallara y lo reclamara en su totalidad?

–Eso me haría llorar –ella lo recompensó con una mirada directa–. Pero al menos tú estarías aquí para secarme las lágrimas.

–No cuentes con ello. Estaría ahí afuera seduciendo al descubridor –esbozó una súbita sonrisa.

Jack se preguntó cómo podía seguir siendo tan hermosa. Los años habían cincelado sus facciones juveniles hasta lograr la perfección… pómulos altos y mentón decidido. Sus ojos exhibían una dimensión que no recordaba ver en ellos y que añadía profundidad a su orgullosa belleza.

–O sea que me dejarías por el ganador.

–¿Tú no harías lo mismo?

–Probablemente –sonrió. Había bajado a los lados los brazos agotados–. No es fácil hablar con alguien que me conoce tan bien.

–Incluso después de todos estos años, ¿eh? Supongo que no has cambiado tanto.

–Creo que no he cambiado nada. Y si tú tampoco lo has hecho, seguimos formando un equipo al que hay que tener en cuenta.

–Razón por la que no vamos a dejar este fresco –seguía con los brazos en alto martilleando con delicadeza sobre el yeso frágil.

A Jack le escocían los ojos por el polvo, pero no tenía pensado abandonar antes que ella. Para empezar, Vicki lo respetaría, y por algún motivo que no quería analizar, su respeto le importaba. Conteniendo un gemido, volvió a la tarea que los ocupaba.

–Creo que hay una especie de código –murmuró ella. Había dejado de martillear y observaba con fijeza la superficie–. Esas marcas blancas que creímos que eran olas… no dejo de ver en ellas números romanos.

Jack contempló el patrón que danzaba ante sus ojos agotados.

–¿Por qué alguien iba a poner números ocultos en un mapa?

–No lo sé –apoyó un dedo en la superficie del mural para apartar la capa de polvo que había quedado.

La acción le tensó la camiseta sobre los pechos erguidos y Jack tuvo que sujetarse a un poste para mantener el equilibrio. Luego trató de concentrarse otra vez en el cuadro. Podía discernir líneas verticales y horizontales que, cuando se observaban con ojos generosos, se parecían un poco a números.

–Ya veo a qué te refieres –alzó la mano, en parte para estabilizarse y en parte para centrar la visión cansada en el punto que trataba de leer. Descifró un VIII–. Esto parece un ocho.

–Y mira, esto es una X, lo que pasa es que se encuentra dividida en dos V, lo que hace que no resulte tan obvia.

–¿La X marca el punto? –escudriñó la zona próxima a los dedos de ella.

–No puede ser. Resultaría demasiado fácil. Y mira, hay un montón.

–Estupendo. Siempre me encantó buscar agujas en pajares.

–A mí también. Hay un patrón con los números. ¿Cuándo se inventaron las líneas de latitud y longitud?

–A los Drummond nos gusta más robar la historia que aprenderla –respondió, encogiéndose de hombros.

–A mí no me engañas –lo desafió con la mirada. Todo su rostro estaba encendido por el entusiasmo–. Eres un buscador de tesoros profesional. Estoy segura de que conoces la historia de tus naufragios mejor que lo que sucede en el mundo moderno.

–¿Sigue habiendo un mundo ahí afuera? –era demasiado divertido atormentarla y contemplar la impaciencia y la frustración centellear en sus ojos–. Intento evitar entrar en contacto con él.

–Supongo que eso es fácil cuando dispones de tu propia isla. En serio, ¿podría tratarse de una latitud y una longitud?

Jack estudió el tenue patrón de números. Parecían romanos, lo que, hasta donde él sabía, jamás se habían usado para escribir coordenadas.

–Sí, empleaban latitud y longitud en el siglo XVIII. Encontraban sus emplazamientos utilizando un sextante, que medía el ángulo del sol con el horizonte, de manera que así podían saber dónde estaban en relación con el ecuador, y un cronómetro, sincronizado con la hora del meridiano de Greenwich, para poder deducir en qué zona horaria se hallaban según la distancia de su mediodía con Londres –suspiró–. La latitud por aquí es de unos veintiséis grados… nos encontramos a veintiocho grados del ecuador y la longitud es de unos ochenta grados al oeste de Londres.

Estudió las marcas pintadas en el cuadro. Vibraron ante sus ojos cansados. Entonces surgió el número XX. Luego el VIII. Y el IX… después el XIV.

–Puede que tengas algo.

–¡Sí! Ahora lo único que hemos de hacer es escribirlos y encontrar el tesoro.

El brillo feliz en los ojos de ella hizo que cerrara la boca para no decirle que iba a ser más complicado. Por algún motivo no quería decepcionar a Vicki. Quería hacerla feliz.

Eso sí que era perturbador.

Capítulo Cuatro

Vicki estaba sentada en la proa del barco estudiando sus notas bajo el centelleante sol de la mañana. En el cielo, miles de nubes parecidas a bolas de algodón cruzaban el vasto espacio sin aportar ni una pizca de sombra. La falta de sueño y el ejército de números arbitrarios marchando por su cerebro la habían vuelto medio loca.

Y luego estaba Jack.

Se mostraba tan agradable, tan solícito, que la desarmaba y perturbaba. Ese no era el Jack que ella conocía y amaba y odiaba. Empezaba a creer que podría estar tramando algo mucho más complejo que seducirla y volver a dejarla.

–Sigo sin entender qué hacemos aquí –dijo él desde el timón–. Esos números no significan nada que podamos descifrar.

–Espero que hacernos a la mar nos brinde cierta perspectiva sobre el mapa –había sido idea suya, a pesar de los mareos. Para eso tenía al lado una taza de té de jengibre–. Está por aquí, delante de nuestras propias narices. Disponemos de todas las piezas. Solo debemos encajarlas.

Aunque era más fácil decirlo que hacerlo, en especial con un Jack Drummond que apenas iba vestido. Se dijo que probablemente debería practicar sexo con él y quitárselo de la cabeza. Quizá fuera la única manera de reducir la tensión sexual que machacaba el aire como tambores en la selva.

Intentaba convencerse de que ya había pasado por eso y que no había nada especial por lo que excitarse… pero, por desgracia, los recuerdos que tenía de Jack en la cama surtían el efecto opuesto.

¿Seguía siendo el amante tierno y apasionado que recordaba o el tiempo lo había endurecido, convirtiéndolo en un compañero de cama impaciente o reservado? La curiosidad le causó un hormigueo en la piel y se obligó a concentrarse en los papeles que tenía en la mano. Imágenes impresas del fresco del techo con su costa irregular y su etérea serie de números romanos.

Habían convertido las cifras en números arábigos y Jack había señalado que no eran coordenadas, al menos no según ningún sistema que él conocía.

Probablemente en ese punto deberían haberse dormido, pero la cama estaba cubierta con trozos de yeso y polvo y no quería correr el riesgo de tener que discutir en qué otro lugar podían dormir, pero el acuerdo de Jack de ayudarla dependía de que ella aceptara compartir su cama.

–¿Cansada? –preguntó él al verla bostezar.

–En absoluto –sonrió con entusiasmo–. No hay nada como un poco de sol y aire salado.

–No podría estar más de acuerdo –la voz ronca transmitía humor–. Bueno, ¿dónde está el naufragio?

No quería volverse porque no se sentía con ánimos de ver su cuerpo bronceado.

—Ahí afuera, en alguna parte.

El océano era tan extenso. Opaco e impenetrable, su superficie azul ondulaba bajo la embarcación. Tal vez el pecio había quedado hecho añicos con el paso de los siglos. O una tormenta lo había arrastrado mar adentro. O alguno de los antepasados más emprendedores de Jack lo había encontrado y desvalijado.

—¿Y si se trata de un código?

La voz de él la sacó del hilo deprimente que seguían sus pensamientos.

—Claro que es un código. ¿Qué otra cosa podría ser? —sintió una descarga de adrenalina. ¿Por qué no había pensado en eso? Había estado tan obsesionada con la teoría de la latitud y la longitud, que no se le había pasado por la cabeza que los dígitos tenían otro significado. Escudriñó las páginas con interés renovado mientras intentaba ocultarle a Jack su súbito entusiasmo.

Si los números eran letras, debería haber una que apareciera más que las demás… la A, por ejemplo.

Estudió las páginas. Y suspiró. Ya de por sí los números romanos se repetían de forma exagerada. En vez de tener 1, 2, 3, 4, 5, 6, 7, 8, 9 y 10, tenían I, II, III, IV, V, VI, VII, VIII, IX y X. Un total extraordinario de tres caracteres: I, V, X. Su cuidada transcripción no contenía números más elevados, como la C para cien o la M para mil. La verdad era que las palabras no saltaban de las páginas para grabarse en sus ojos.

–¿Lo has descifrado ya?

La voz burlona hizo que su cabeza girara de forma involuntaria hacia él.

–Casi. Quizá deberíamos lanzar una red para ver si podemos capturar los restos.

–O quizá estás hambrienta y te apetece más pescado –Jack rio entre dientes.

Esa idea le provocó un vuelco en el estómago. Apenas eran las ocho de la mañana. Bebió un sorbo de té de jengibre y volvió a estudiar las páginas de números. Ni siquiera estaba segura de que fueran los dígitos correctos. Habían intentado encontrar espacios entre las interminables hileras de X, I y V y podrían haber apuntado alguno mal.

Sin embargo, había un montón de X y de III. Si se correspondían a aes, o a oes o a es... El movimiento ondulante del barco no la ayudaba a pensar con claridad.

–Quizá deberíamos regresar –necesitaba una superficie lisa y dura bajo sus pies para descifrar ese caos.

–Pensé que ibas a emplear tu intuición femenina para encontrar ese pecio bajo las olas.

–Ha hecho cortocircuito. Y necesito un sándwich de huevo. Volvamos al pueblo.

–Tus deseos son órdenes –viró la embarcación y puso rumbo a la costa a buena velocidad.

Vicki protegió los papeles de la espuma levantada.

–Es lo que me gusta de los barcos.

–¿Qué? –Jack entrecerró los ojos bajo el brillante sol y le dedicó una media sonrisa.

–Que puedes decir vamos al pueblo, o a las Bahamas o a Madagascar, y lo único que debes hacer es darle potencia a los motores. Nada de carreteras, señales o semáforos.

–Empiezas a entender la atracción del mar –la miró como si quisiera taladrarla–. Y no olvides que tampoco hay multas de tráfico.

De repente aceleró y salieron disparados sobre la superficie del agua, dando tumbos bruscos. Vicki se agarró a una barandilla cromada como si le fuera la vida. Una parte de ella quiso gritar pero el resto deseó lanzar un grito de júbilo mientras todas las telarañas abandonaban su cerebro y la adrenalina gritaba por cada rincón de su cuerpo.

Cuando alcanzaron la costa, había comenzado a sudar solo por estar quieta, o intentarlo, al tiempo que era incapaz de borrar la sonrisa boba que había aparecido en su cara.

–Estás loco.

–Siempre lo he estado y siempre lo estaré.

Desayunaron en una terraza con una vista impagable del océano. Vicki continuó tomando notas y probando distintas posibilidades para el código.

Algo en el patrón de las V la hacía pensar que estaba a punto de lograrlo.

–Necesito dormir –comentó al final–, y quiero decir dormir, o jamás podré descifrar esto.

–Paloma ya habrá hecho la cama.

Su sonrisa intensa le provocó escalofríos.

–¿Tienes un ama de llaves?

Él se encogió de hombros.

–A veces estoy fuera una semana o más. Las lagartijas se adueñarían de la casa si alguien no luchara contra las fuerzas de la naturaleza.

–Supongo que es uno de los peligros de vivir en una propiedad histórica.

–Levantada por piratas sin experiencia en construcción. Es asombroso que aún no se haya venido abajo.

Se estiró, ofreciéndole otra irritante visión de sus bíceps.

–Me pregunto si enterraron algún tesoro entre los muros mientras la construían.

Jack enarcó una ceja.

–¿Deberíamos empezar a romper alrededor de los marcos de las ventanas?

–Primero encontremos el barco –se pasó el bolso al hombro–. Después de que duerma algo.

Para su sorpresa, Jack la dejó dormir sola en el lujoso confort de unas sábanas blancas limpias. La silenciosa e invisible ama de llaves había eliminado todo rastro de yeso y polvo y dejado la habitación reluciente y con un agradable olor a cera. Al despertar por la tarde, el fresco que habían revelado flotó sobre ella como un cielo estival, con colores intensos, no deslucidos por el sol o el tiempo. ¿Por qué alguien se había tomado la molestia de cubrirlo? Debía haber querido ocultar la información contenida en ese mapa. Quizá lo había memorizado y necesitaba ocultarlo a los ojos de miembros familiares o criados codiciosos hasta que dispusiera del tiempo y de los medios necesarios para recobrarlo.

No le costó imaginar la desconfianza entre los Drummond. Parecían una familia bastante atormentada. Quizá sufrían una maldición que había que eliminar.

Se preguntó dónde estaría Jack. Se levantó de la cama y cruzó el suelo de baldosas frescas hasta el pasillo.

–¿Jack? –ningún sonido de él. Se dijo que debería disfrutar de esa soledad mientras pudiera. ¿Qué hacía buscándolo para que volviera a atormentarla?

Volvió a la cama con el teléfono móvil en la mano. Quince llamadas perdidas, todas del mismo número. ¿Por qué le era imposible a ese idiota captar la indirecta? Ni siquiera había tenido una cita real con él. Leo Parker la había arrinconado en una exposición de arte y la había convencido con promesas de una cena en Nobu. La cena había sido deliciosa, la compañía no tanto. Cuando se acercó a ella en una subasta a la que había asistido con otra invitación para cenar en Annisa, se había encontrado demasiado hambrienta y pobre para resistirse. No costaba entablar una conversación… lo único que había que hacer era asentir mientras hablaba de sí mismo. La parte complicada era librarse de él al término de la velada.

¿Tal vez pensara que se hacía la difícil? La verdad era que no debería haber aceptado su invitación para asistir al Abierto de los Estados Unidos. Ni siquiera le gustaba mucho el tenis. Pero estando tan justa de dinero y con los valientes esfuerzos que realizaba para mantener las apariencias, dedujo que eso al menos le daría una historia que poder contar en las exposiciones de arte a las que asistía cada noche para comer los canapés y tratar con los ricos amantes de arte que esperaba que formaran su clientela futura.

Se había convertido en un pulpo detrás de la pista ocho. Había logrado quitárselo de encima con un súbito ataque de tos y amenazas de una virulenta garganta irritada, pero desde entonces la había llamado al menos una vez al día. Alojarse en la casa de Sinclair, en Long Island, lo había mantenido a raya. Y había dado por hecho que al trasladarse a Florida se lo quitaría para siempre de su vida.

La mayoría de la gente ya lo habría captado. Que él no lo hiciera resultaba inquietante.

Suspiró, y borró todos los mensajes. No había nada importante. La vida continuaba en Nueva York como de costumbre. Los ricos haciéndose más ricos y a los pobres esquilmándoles el poco dinero que tenían. Estaba impaciente por volver a trepar hasta la posición del primer grupo. El único motivo por el que estaba ahí en ese mismo instante.

Volvió a salir en busca de Jack. El crepúsculo brillaba a través de las ventanas de la cocina, proyectando una suave luz dorada sobre los electrodomésticos caros de estilo industrial. Se habían encendido las luces en los candelabros de los pasillos, aunque eso parecía suceder de forma automatizada.

Atravesó el salón, donde un par de ventanales se hallaba abierto, sin mosquiteras. No le extrañó que tuviera lagartijas en el techo. En el exterior, la recibió el olor a salitre y la brisa le agitó el cabello, pero seguía sin ver rastro de su anfitrión.

Descalza, avanzó por la hierba y bajó unos escalones de piedra que conducían al embarcadero más próximo a la casa. Su barco no estaba. La había abandonado en una isla perdida en medio de ninguna parte.

De pronto, ese crepúsculo dorado que se extendía sobre el océano oscuro y sereno le pareció abiertamente fantasmagórico. Miró por encima del hombro. ¿Qué esperaba ver? ¿El fantasma de un pirata con pata de palo? Respiró hondo.

Seguro que se hallaba en brazos de una camarera bien dotada, igual que sus predecesores. ¿Y a ella qué le importaba? Solo había recurrido a él por su experiencia, de modo que cuanto antes pudiera largarse de allí, mejor.

Regresó junto al mapa y lo miró mientras el estómago le rujía. Había muchos números, pero ninguno más alto del veinticinco.

Una idea le centelleó en la mente. Si cada número correspondía al lugar que ocupaba una letra en el alfabeto… si III era la letra C y VII la letra G…

Buscó una página limpia en el bloc de notas y con rapidez fue de un lado a otro del alfabeto, volviendo a traducir los números con el empleo de ese nuevo sistema. Lenta y minuciosamente fue emergiendo un mensaje del pasado.

Partí al amanecer y remé al norte de la Cala de los Hombres Muertos hasta la higuera de Bengala. Establecí curso este nordeste y remé sesenta veces. Enfilé la proa hacia el horizonte y remé cien veces hacia el sol, donde el extremo norte de la isla se encuentra con el Embarcadero de Raster. No te alejes de ella mientras remas cien veces al este sudoeste. Al mediodía levanta el remo y te señalará aquello que buscas a cuarenta brazas bajo el agua.

Al terminar, contempló el papel y suspiró despacio. Durante una fracción de segundo tuvo ganas de pegar un salto, hasta que se dio cuenta de lo insustanciales que eran las indicaciones. Dependiendo de la posición del sol y de los ángulos del bote con la costa, podían no dar los mismos resultados después de trescientos años de cambio geológico.

Por otro lado…

¿Cómo podía Jack abandonarla de esa manera? Bajó de la cama y fue a la cocina, donde logró hacerse un sándwich de pavo para que al regresar él no encontrara sus huesos en el patio. Sesenta paladas de remo. Pero sin duda las de un hombre grande serían diferentes a las de un grumete flaco, ¿y cómo saber cuáles eran las correctas?

Iba a suponer que todos sus antepasados eran exactamente como él. Fornidos. Suspiró. Necesitaba a Jack y un bote de remos. Y él ocupado debajo de una camarera.

No podía esperar hasta no tener que depender de nadie para nada.

Justo antes de amanecer oyó el sonido de una motora en la distancia. Se preguntó si fingir que llevaba durmiendo toda la noche y no había notado su ausencia, pero decidió que no podía tomarse tantas molestias. A cambio, fue al embarcadero y aguardó bajo la luz de la luna con las manos en las caderas, igual que una esposa desatendida.

Él la observó desde la cubierta.

—Es agradable que te dé la bienvenida una mujer hermosa.

—Me alegro de que hayas vuelto a casa. Es un gran alivio. Y he descifrado el código. Lo único que nos queda es excavar el botín.

Aún en la embarcación y con una caja de cartón bajo el brazo, se quedó quieto.

—¿Dónde está?

—Bajo el mar, por supuesto. A unas paladas de remo aquí y allá. Lo encontraremos —giró y regresó a la casa, con la esperanza de que su trasero fuera más sexy que el de la camarera.

—Fui a visitar a alguien —metió en la nevera algunos de los artículos de la caja que había llevado.

—Es lo que imaginé.

—No esa clase de alguien —repuso divertido—. ¿Te has sentido celosa?

Avergonzada por la idea de que su cara o su voz hubieran revelado demasiado, se encogió de hombros.

–Es tu vida.

–Mi amigo es un viejo pescador que lleva atrapando delfines y lubinas frente a estas costas desde hace cincuenta años.

–¿Delfines? Qué desagradable.

Él rio.

–Lo que nosotros llamamos delfín es lo que vosotros, norteños, llamáis *mahimahi*. Es un pez que nada con los delfines.

–¿Y os quedasteis despiertos toda la noche entonando salomas de marineros? –se cruzó de brazos.

–Quería preguntarle si alguna vez había visto rastros del naufragio o vestigios de algún mástil que pudiera pertenecer a ese barco. Me dijo que nunca.

–Qué alentador.

–Podría serlo. Si está enterrado bajo la arena o encerrado en el interior de coral endurecido, podría hallarse más o menos intacto… incluidas las partes que faltan de la copa.

–Salvo que nunca lo encontraremos.

Él se sirvió un vaso con zumo de naranja y ella observó esas manos grandes que necesitaba que manejaran unos remos.

–Desde luego, no sin mis cañones.

–¿Cañones? ¿Es que piensas disparar a las olas?

–No. Se trata de cañones de alta tecnología localizadores de tesoros. Sueltan aire con fuerza y abren agujeros en el lecho marítimo, dejando al descubierto todas las golosinas escondidas debajo.

–Los chicos y sus juguetes. ¿Y cuántas horas te llevó descubrir que tu amigo no había visto nada flotando en el agua? –al instante lamentó esa pregunta patética.

–Me gusta cuando te pones celosa. Veo chispas centelleando en esos ojos místicos. Me encienden.

–Te odio.

Él enarcó una ceja.

–No deja de mejorar por momentos. La próxima vez tendré que tardar más en regresar.

–Iré nadando a la costa.

–Apuesto que lo harías. Y tendrías que llevarte esto contigo –extrajo un montón de papeles de la caja–. Al parecer te han remitido aquí mucho correo.

Sintió que la cara se le enrojecía.

–Necesitaba dar una dirección y puse la tuya, porque no sabía dónde me iba a alojar.

–O porque sabías que ibas a quedarte conmigo.

–Tonterías –no quería reconocer que en ese momento carecía de dirección fija.

Él hojeó los periódicos que traía.

–¿*Wall Street Journal*? ¿*New York Post* y el *Women's Wear Daily*?

–Intento mantenerme al tanto de ciertas tendencias –específicamente, del estilo de vida de los ricos y famosos de Nueva York.

–La mayoría de la gente emplearía Internet.

–Soy tradicional en algunos aspectos. Me gusta sostener un periódico en las manos mientras desayuno. De hecho, se moría por ir a la página seis y ver si aparecía algo de Sinclair Drummond y su nueva novia, Annie. Si alguna vez había hecho una buena acción, había sido forzar que esos dos se dieran cuenta de que estaban hechos el uno para el otro–. ¿Quieres saber lo que pone el mapa o no? –daba la impresión de ser completamente indiferente.

–Claro. ¿Tortilla francesa con champiñones?

–¿Por qué no? –se sacó un papel doblado del bolsillo del pantalón–. Aquí está lo que tu rudo antepasado escribió –alzó la vista y la irritó aún más ver que Jack sacaba una sartén y los ingredientes de la nevera en vez de centrarse en sus palabras. Pero al ponerse a leer, giró y frunció el ceño con satisfactoria concentración. Al terminar, le preguntó–: ¿Dónde está la Cala de los Hombres Muertos?

–Por ahí –con la cabeza indicó hacia la nevera–. El otro día encontré otro esqueleto empotrado en las rocas. La vieja historia familiar es que la corriente arrastró a las víctimas del naufragio hacia la cala. Ahora sospecho que es donde enterraban a sus enemigos.

Ella experimentó un escalofrío.

–Gente encantadora tus antepasados.

Él vertió los huevos en la sartén y ella observó hasta que se convirtiéndose en una masa sólida y dorada.

–Somos una raza orgullosa y solitaria que no aceptamos de buena gana a los intrusos –le guiñó un ojo.

–Entonces, será mejor que vigile mi espalda –sacó unos platos de una estantería y buscó cubiertos–. ¿Y qué me dices del Embarcadero de Raster?

–Sea lo que fuere, hace mucho que no está. Había una vieja hacienda costa arriba con un saliente rocoso, como un muelle, justo delante. Asumamos que está allí para eliminar cabos sueltos.

–¿Tienes un bote de remos?

–Muchos.

–Será mejor que nos demos prisa si queremos llegar al amanecer.

–No te preocupes, disponemos de cuarenta y cinco minutos más. Aquí nos encontramos mucho más cerca del ecuador que lo que estás acostumbrada. El amanecer no te despierta en mitad de la noche, ni siquiera en verano.

Capítulo Cinco

Los músculos de la espalda de Jack se flexionaron a la luz de la linterna mientras sacaban un bote polvoriento de la caseta en desuso. Las paredes y el suelo arenoso estaban llenos de redes, boyas y cañas de pescar de todos los tamaños.

–Por el polvo que hay, no sé por qué mantienes todo esto. ¿Cuándo ibas a necesitar un bote de remos?

–Cuando no quiera que alguien me oiga llegar –giró hacia ella y le dedicó una sonrisa taimada.

A Vicki el estómago le dio un salto mortal. Aferró un extremo del bote y comenzaron a salir de la caseta para bajar hasta la playa. En ese momento disfrutaba de la visión plena de su torso poderoso mientras él caminaba hacia atrás sin quitarle la vista de encima.

Intentó centrarse en el cielo que comenzaba a clarear por momentos, a pesar de que el sol aún no había salido por el horizonte.

–¿Cuánto nos llevará remar hasta la Cala de los Hombres Muertos?

–En cuanto pongamos el bote en el agua, unos tres minutos. Hoy reina una gran calma.

Una vez en el agua, subieron con cuidado al

bote. Vicki estaba descalza y sentía el fondo de la embarcación polvorienta y con astillas. Mientras Jack remaba, ella iba sentada en la proa, tratando de recordar las palabras que había escrito, ya que todavía no había suficiente luz para leer.

–Hemos llegado –anunció Jack cuando rodearon una pequeña punta de tierra en el momento en que aparecía el primer rayo de luz.

–«Remar al norte de la Cala de los Hombres Muertos hasta la higuera de Bengala». ¿Dónde está ese árbol?

Jack giró la cabeza hacia la dirección por la que habían ido. Vicki observó a través de la penumbra que antecede al amanecer y vio un árbol enorme y nudoso cerca de la playa.

–Vamos.

Sin apenas esfuerzo, él hizo virar el bote. El torso desnudo centelleó dorado bajo la primera luz del sol. Vicki se preguntó si no podría haberse puesto una camisa. La distraía en un momento en que necesitaba centrar toda su atención en seguir al detalle las directrices.

–¿Cuántos años tiene ese árbol?

–No lo sé. Supongo que lleva ahí desde siempre.

Sus ojos no paraban de volver a la visión de ese cuerpo fuerte en acción. Al parecer llevaba demasiado tiempo sin un hombre.

–Cuando lleguemos hasta el árbol, rema en dirección este-nordeste.

–El árbol está tierra adentro –giró la cabeza para mirarlo por encima del hombro.

–Acércate todo lo que puedas y luego vira –hipnotizada, lo vio aferrar los remos con fuerza. Para salir del trance, le preguntó–: ¿Cómo sabes en qué dirección está el este-nordeste?

–Lo llevo en la sangre –respondió riendo entre dientes.

Vicki escudriñó el horizonte. Podía ver una embarcación en la distancia y otra más hacia el sur. Se preguntó si alguna sería capaz de adivinar que sus extraños cambios de dirección se debían a instrucciones de trescientos años de antigüedad.

Al acercarse a la rocosa línea costera próxima al árbol, él viró el bote noventa grados y remó hacia mar abierto.

–Uno, dos, tres… –sesenta paladas. Ella mantuvo la cuenta, contenta de poder hacer algo mientras Jack dedicaba toda su fuerza a mover la embarcación–. Sesenta. Ahora rema hacia el horizonte.

Vicki volvió a contemplar la costa. «Donde el extremo norte de la isla se encuentra con el Embarcadero de Raster». El final de la isla estaba cubierto todo de árboles hasta el mismo borde del agua. La línea costera atrás parecía carecer de todo rasgo sobresaliente. ¿Es que su búsqueda iba a terminar ahí?

–Ochenta, ochenta y uno, ochenta y dos… –mantuvo la cuenta sin apartar la vista de la isla en busca de una señal, cualquier cosa. Ningún saliente y ningún muelle–. Noventa y nueve, cien. ¡Para!

Jack detuvo el bote con suma pericia haciendo que girara en el mismo sitio.

–Se supone que nos encontramos en el lugar donde el saliente norte de la isla se une con el Embarcadero de Raster. Pero no veo ningún saliente. Ahí no hay nada bajo el océano. Si lo hubiera, habría encallado en él en algún momento siendo niño.

–Maldita sea –Vicki se mordió el labio inferior y miró alrededor–. Se supone que deberíamos ver cómo se juntan a medida que remas en dirección este-sudeste.

–¿Y si esa punta rocosa ya no lo es y forma parte de la isla? Podría haber sido formada por la arena al moverse durante una tormenta –Jack observó con atención el dosel de árboles–. Aunque jamás me molesté en pisar tierra ahí, así que no lo sé.

–Finjamos que lo es e intentémoslo –el extremo de la isla no terminaba de sincronizar con el punto en el que empezaban las rocas–. Creo que debemos desviarnos un poco hacia allí –con la cabeza indicó a la derecha.

–Norte-nordeste, señora. En seguida –hizo girar el bote y siguió remando–. Lo veo. Mira esos árboles altos, o árboles en una zona más alta, ahora sí que se alinean con el punto en el que sé que están las rocas. ¿Y ahora qué?

–¡No hagas como si no lo recordaras! Rema ciento cuarenta paladas.

Él remó con ahínco. La sincronización era crucial. Un minuto tarde y el sol estaría en el lugar equivocado al reflejarse en el remo para señalar el naufragio.

–Ciento treinta y nueve... ¡Ciento cuarenta! –Jack giró el bote otra vez para detener el impulso, haciendo que ella fuera hacia delante con brusquedad–. Alza un remo.

Él lo sostuvo contra el fondo del bote. La larga sombra negra que proyectaba apuntaba directamente a Vicki, quien se apartó. Con el camino despejado, el largo dedo negro apuntó a tierra.

–¿Crees que eso significa que está justo aquí? –Vicki escrutó las profundidades turbias por el costado. Profundo y oscuro, el océano no revelaba ningún secreto.

–A menos que nos gasten una broma y esté enterrado en la isla –Jack estudió la costa ya lejana bordeada de palmeras–. Pero jamás buscamos aquí. El otro mapa indicaba que se hallaba a unos ochocientos metros al sur –su cara reflejaba una honda concentración mezclada con un entusiasmo apenas controlado–. Pero el modo en que emplea puntos en la costa para darnos el lugar exacto es como pensaría un marino.

Vicki miró alrededor. En todas direcciones el océano brillante.

–¿Cómo marcamos nuestra posición para volver a encontrarla?

Él se sacó un artilugio negro del bolsillo.

–GPS. Introduciré nuestras coordenadas –las tecleó–. Podríamos marcarlo con un boya, pero no hace falta poner una X grande y llamativa para que pueda verla todo el mundo.

–¿Crees que hay esqueletos ahí abajo?

–Sin duda alguna –se le amplió la sonrisa–. ¿Cómo anda tu destreza en el buceo?

–Oxidada –en el mejor de los casos, no le gustaba respirar bajo el agua, y menos si tenía que compartir el espacio con un grupo de piratas muertos cubiertos de percebes.

–Quizá deberíamos olvidarnos de todo e ir a tumbarnos a la playa.

–¡Ni lo sueñes! –lo empujó levemente, haciendo que el bote se moviera y que ambos rieran–. Aunque me da miedo que nos vayamos, por si luego somos incapaces de dar con el punto exacto.

–No te preocupes. Aparte del GPS, lo he programado en mi cerebro de marino. Podría encontrar este sitio en la oscuridad. Volvamos en busca del equipo.

No fue hasta llegar a tierra firme cuando Vicki comprendió que ni una sola vez había pensado en el mareo.

Regresaron con la poderosa lancha de Jack y todo el equipo necesario para bucear. Una vez allí, él apagó el motor.

–Echemos un vistazo.

–¿Nos metemos directamente? –miró las profundidades insondables.

–No. Dejamos que lo haga por nosotros el sónar –bajó un cabo por el costado de la embarcación con una pieza mecánica en un extremo–. Ahora rastreemos muy despacio en busca de algo interesante

–arriba en el puente, contemplaron una imagen inconsistente en blanco y negro en el monitor–. Un momento –Jack estudió la imagen–, hay algo ahí abajo.

–Ha sido fácil.

–No te dejes llevar por la arrogancia. Podría ser un coche viejo –hizo girar la embarcación–. Acerquémonos –tecleó unos botones y se movió con fluidez para girar el barco mientras escaneaba la zona circundante–. No puedo ver mucho, pero según mi experiencia, la protuberancia de la superficie hace que valga la pena explorarla, ya que podría haber algo debajo.

–Saquemos las palas y los cubos y pongámonos manos a la obra.

–Eso mismo pienso yo, pero aún no te sumerjas –bajó del puente y fue a la popa del barco, donde maniobró dos cilindros grandes hasta meterlos en el agua–. Removerán todo lo incrustado y con suerte podremos ver mejor qué hay ahí abajo –el motor rugió y el agua que rodeaba la embarcación se tornó turbia–. Tendremos que esperar a que la arena vuelva a asentarse para ver algo –le guiñó un ojo.

–¿No volverá a cubrir todo de nuevo?

–Quizá –Jack apagó el motor, luego, con una sonrisa satisfecha, se tumbó en la cubierta.

La visión de ese torso como cincelado en piedra fue una tortura para ella. Lamentó que no estuvieran en un lugar frío, de ese modo él tendría que llevar un traje de neopreno. Giró la cabeza y cerca del horizonte vio una estilizada embarcación blanca.

–¿Es un barco pesquero?

–A veces –ni siquiera se molestó en mirar–. Otras en una embarcación festiva. Propiedad de Iago Knoll.

–¿El tiburón corporativo? ¿Qué hace aquí? –entrecerró los ojos en busca de la silueta alta y arrogante que tan bien conocía de Nueva York.

–Lo mismo que todos los demás. Busca algo de diversión bajo el sol.

–No es eso lo que hago yo aquí –cruzó los brazos sobre la camiseta que le cubría el bañador y la crema de protección solar.

–Todavía no –volvió a dedicarle esa sonrisa perversa–. Pero te daremos tiempo.

–Ni lo sueñes. Soy demasiado neoyorquina como para disfrutar holgazaneando bajo el sol.

–¿Quién ha dicho holgazanear? Hablo de hacer surf, navegar, pesca submarina… aquí no hace falta que seas exploradora de tumbona.

Jack ya había inspeccionado el equipo de buceo de los dos. Vio que el agua alrededor de la embarcación empezaba a aclararse.

–¿Cuánto falta hasta que podamos meternos?

–Cuando tú quieras. A veces es divertido estar abajo a medida que la bruma de arena desaparece y te revela lo que andas buscando –miró por el costado del barco–. La arena se asienta.

–Voy a sumergirme –se dijo que era mejor hacerlo antes de que la determinación se le evaporara.

–Adelante.

El cálido y espectral silencio del mundo submarino envolvió a Vicki al hundirse bajo la superficie. Las aletas la impulsaron más hondo y se recordó que podía respirar sin problema. Oyó, o más bien sintió, el impacto cuando Jack la siguió.

El sol iluminaba el agua y miró alrededor tratando de orientarse. Necesitaba descender a las profundidades turbias donde el sol apenas se filtraba a través del agua. En una mano sostenía una linterna y en la otra una vara metálica terminada en punta. Jack le había dicho que era la mejor herramienta para hurgar en la arena. Supuso que en caso de necesidad también podía convertirse en un arma mortal.

Él tenía un detector de metales y algo parecido a una garra y en ese momento ya se hallaba a unos buenos diez metros por debajo de ella. Vicki movió las piernas tratando de mantener el ritmo, ya que no la entusiasmaba perderse ni estar sola en ese mundo azul.

Los poderosos muslos de Jack lo impulsaban sin esfuerzo a través del agua, pero ella casi jadeaba en la boquilla del respirador cuando llegó al lecho marino. Él escaneó la arena con el detector y ella miró alrededor en busca de un lugar donde empezar a rebuscar con su ridícula vara.

El limpiador había abierto una pequeña e irregular cuenca en la arena y a medida que sus ojos se acostumbraban a la luz débil, vio una pieza a la izquierda de la superficie removida.

Se acercó al objeto y con el palo tanteó alrededor con suavidad. No se movió y excavando con determinación descubrió que era grande y el resto se hallaba enterrado bajo la superficie. El objeto misterioso estaba incrustado con percebes u otra vida marina, aunque debajo había decididamente algo sólido. Probablemente un Chevy de 1967.

Apuntó a Jack con el haz de su linterna en la señal que habían acordado y él se acercó. Hurgaron juntos y cuanto más excavaban, más profundo llegaba el objeto, hasta que Jack le hizo la señal de que emergieran.

Ir hacia la luz era como volver a la vida tras una estancia en el inframundo. Una vez a flote, se quitó la máscara y el respirador. Jack salió a su lado y la imitó, revelando una gran sonrisa.

—¡Diablos, eres un amuleto de la suerte!

—¿Crees que lo hemos encontrado?

—Es un cañón.

—¿Cómo lo sabes?

—Una vez que has visto uno, los has visto todos. También parece de la época correcta. Creo que al fin has encontrado el tesoro perdido de Macassar Drummond.

Con el entusiasmo brillándole en los ojos, de pronto pareció exactamente el Jack Drummond que le había robado el corazón y se lo había dejado hecho añicos. Intentó soslayar el caos de sensaciones que le proliferaban en el interior mientras movía las piernas para permanecer a flote.

—Subamos a bordo y continuemos la investigación electrónicamente —añadió él.

Regresó junto al sónar y utilizó algo llamado magnetómetro para fijar lugares donde cavar. En el equipo aparecieron varios puntos de materia que empujaban a la inspección. Volvieron a sumergirse y descubrieron dos botellas rotas de vidrio y un plato casi intacto, llenos de vida marina pero aún reconocibles.

–Dios mío, lo hemos encontrado, ¿no? –Vicki jadeó en busca de aire cuando volvieron a emerger.

Detrás de ellos, el sol se ponía sobre tierra y proyectaba su resplandor sobre el mar.

–Tú lo has encontrado, cariño. Jamás lo habría conseguido sin ti. Ese mapa habría permanecido oculto otros doscientos años si tú no hubieras tenido la brillante idea de buscar debajo.

Subieron a la cubierta. Jack se sentía demasiado entusiasmado como para regresar a la casa. Insistió en preparar la cena en el barco para poder volver a bucear a la luz de la luna. Después de una cena de gambas con salsa de mango y arroz al coco, bebieron el cóctel especial de Jack, compuesto de zumo de granada, naranja y limón. Él le explicó que como el alcohol no congeniaba con el buceo, estaba prohibido a bordo.

De modo que Vicki ni siquiera pudo agarrarse a eso para explicar lo que sucedió a continuación.

Capítulo Seis

–Maldita sea, no me había dado cuenta de lo mucho que te he echado de menos –Jack se reclinó contra un flotador en la cubierta.

La luna proyectaba un fulgor plateado sobre toda la escena y el aire cálido acariciaba a Vicki como un abrazo Lo que no ayudaba en nada, porque ya estaba luchando contra una languidez sensual al final de un día largo y de alto octanaje.

–¿Echabas de menos que una chica loca te estuviera dando órdenes todo el día?

–Claro, ¿y quién no? –esbozó una amplia sonrisa–. Y cuando es tan hermosa como tú, es imposible resistirse a obedecerla en todo.

–¿Y si te ordeno que nos lleves a Montecarlo?

–Será un placer –la desafió con la mirada–. Aunque podríamos quedarnos sin combustible durante el trayecto.

–Excusas, excusas. ¿Qué haces para divertirte, Jack?

–Lo que hago ahora. Holgazanear en mi amado barco con la mujer de mis sueños.

Ella rio, pero sus palabras tiraron de un hilo olvidado en su interior.

–Con un tesoro oculto debajo de nosotros.

–No hay nada mejor.

–Creo que eres un hombre fácil de complacer.

–O he logrado organizar la vida perfecta para mí.

Envidió su satisfacción… y encima lo hacía atractivo.

–Yo pretendo organizar la vida perfecta para mí cuando vuelva a Nueva York.

Jack se unió a ella en el banco mullido con vistas al agua plateada. Esa proximidad le provocó un hormigueo en los muslos.

–¿Y por qué no estás allí ahora, haciendo realidad tus sueños?

–Primero he de localizar el cáliz.

–Sé que intentas convencerme de que estás empeñada en salvar a los Drummond de un futuro de desdichas, pero no creo que seas tan caritativa. Me dijiste que querías la recompensa, pero es calderilla en el cuadro global. A menos que de verdad, de verdad, necesites esa pequeña cantidad de dinero por algún motivo –entrecerró los ojos y se inclinó hacia ella.

Vicki sintió un nudo en el estómago al comprender que sospechaba que necesitaba el dinero, pero principalmente por esa ardiente cercanía.

–Sé que tu padre murió y lo siento –añadió él.

–Gracias –la conversación iba por derroteros demasiado personales.

–Pero eso significaría, y me disculpo por ser grosero, que ahora tendrías que estar forrada. ¿Le ha pasado algo a las arcas de la familia?

Vicki se quedó boquiabierta. Nadie estaba al corriente de su bancarrota personal. Nadie. Todo el dinero perdido estuvo ingresado en una cuenta en el extranjero, lo que hacía imposible reclamarlo una vez que le había sido escamoteado por la estafa. Había dedicado los últimos dieciocho meses a mantener a los amigos y contactos ajenos a su situación de suma precariedad.

–Estás muy callada. Empiezo a sospechar que estás sin un céntimo –los ojos le brillaron con una mezcla de diversión y auténtica preocupación.

No podía mentirle a Jack. La calaría de inmediato.

De modo que se adelantó y le cubrió la boca con la suya. Sintió que le recorría un torrente de confusión febril, deseo y una pasión ya casi olvidada. Le rodeó el cuello con los brazos y él la estrechó por la cintura, pegándola al cuerpo.

No pudo evitar un suspiro ni el beso. Fue como si cobrara vida propia.

Los pezones se le endurecieron bajo el bañador y los muslos se le pusieron con piel de gallina. Se aferró a él.

El beso se hizo más profundo y sintió que se sentaba en el regazo de Jack sin que los labios se separaran. Esas manos grandes le apretaron el trasero, haciendo que se retorciera de placer. Frotó el torso contra el suyo y la fricción de los pezones contra esos abdominales de acero le encendió un fuego de excitación por todo su cuerpo.

Los años transcurridos desde el último beso que

se habían dado se evaporaron como si nunca hubieran pasado.

Como si ella nunca hubiera dicho «te amo», arruinándolo todo.

Ese pensamiento le paralizó la lengua y le devolvió claridad a la mente. Se apartó lo suficiente para que los labios se separaran.

–Maldita sea –murmuró Jack–. Te he echado de menos más que lo que yo mismo creía.

«Y yo». Pero logró no decirlo.

La erección pétrea de él le daba en la pierna. Bajó la vista y rio, contenta de esa distracción de sus turbulentas emociones.

–Supongo que estás contento de verme.

–Y también de abrazarte –lo que hizo con afecto.

El corazón le dio un vuelco a Vicki.

Y el deseo también se avivó en su interior, como el borboteo de un géiser subterráneo. Se preguntó si realmente sería tan malo tener una breve aventura con Jack. Ambos se hallaban en medio de ninguna parte y ya casi estaban desnudos. Y la realidad era que cuando lo habían hecho, había sido muy, muy bueno.

Por otro lado, ya era una adulta, con responsabilidades, presiones y una vida a la que volver, no una chica tonta con demasiado tiempo libre.

El peor escenario posible era que la dominara el arrepentimiento y tuviera que cuidar de su corazón roto durante unos meses. En ese instante parecía merecer la pena.

Se humedeció los labios y la sonrisa de él se amplió. Jack la imitó y Vicki sintió un hormigueo que le llegó hasta el mismo núcleo femenino. Él soltó un gruñido que la hizo sonreír y excitarla aún más.

–Siento como si recayera en una antigua adicción.

–Y no tiene cura.

Ella no tuvo que manifestar que creía lo mismo. Su cuerpo lo decía todo. Con los dedos le exploró el contorno del torso mientras Jack le bajaba el bañador. El cálido aire vespertino le acarició los pechos desnudos, reemplazado casi en el acto por la boca hambrienta de él. Suspiró y arqueó la espalda mientras la succión a la que le sometió el pezón lo convertía en una cumbre muy dura.

En su cuerpo fueron acumulándose todo tipo de sensaciones. Cuando él subió para volver a besarla en la boca, metió los dedos en ese pelo tupido, acercándolo y besándolo con seis años de pasión contenida.

La química entre ellos fue explosiva, como de costumbre. La sensación de sus brazos al rodearla liberó la tensión que había estado enarbolando como un escudo y percibió que abandonaba la realidad y entraba en el mundo privado que siempre habían compartido.

Sintió cómo el aire nocturno le acariciaba el cuerpo como una manta suave mientras Jack le bajaba el traje de baño por las piernas y la dejaba completamente desnuda sobre al banco mullido.

Entornó los ojos lo suficiente para tirar de sus boxers, luego los abrió más con el fin de disfrutar de la vista mientras se los quitaba por los muslos velludos. Su erección era atrevida y orgullosa, como todo en él. Los ojos se encontraron y ambos rieron, desnudos y locamente excitados, con el único testigo de la luna grande y pálida.

En ese momento ambos se hallaban de pie y Jack avanzó despacio hacia ella mientras se embriagaba con su visión. Le apoyó las manos en las caderas, reclamándola. El beso intenso casi la dejó sin aliento. Le rodeó el cuello con los brazos y se fundió contra él, desde los labios hasta los dedos de los pies.

Las entrañas le palpitaron en clara anticipación de sentirlo dentro de ella. Esa erección gruesa se pegó contra su vientre, provocándola y atormentándola con el placer que la esperaba. Cuando ya creía que no sería capaz de soportarlo, él la tumbó sobre el banco y se situó encima.

Mientras la penetraba, le acarició el cabello y murmuró su nombre. Vicki alzó las caderas cuando la llenó, llevándolo más dentro de sí.

–Oh, Jack –el nombre escapó de sus labios cuando le dio la bienvenida a su cuerpo y a su corazón. Jamás había conocido a nadie que la conmoviera tanto. Todos los demás hombres habían sido pálidas sombras de Jack.

Dejó escapar un gemido de pasión descarnada cuando tocó un sitio dentro de ella que no había conocido sensación desde la última vez había visto a Jack. Se retorció debajo de él, permitiéndose volar a un reino casi olvidado.

«Te amo, Jack». Las palabras fantasmales la hostigaron, movidas por recuerdos de aquel tiempo tan apasionado en su vida. Sabía que en ese momento no podía amarlo. Ya eran personas diferentes con planes diferentes. No obstante, el pensamiento remolineó en su cabeza mientras se movían juntos en un ritmo hipnótico.

Su cuerpo grande y cálido la envolvió y la hizo sentir fabulosamente a salvo y protegida, a pesar de que incluso en ese instante debería experimentar todo lo opuesto.

Jack Drummond siempre había representado una zona peligrosa, un territorio desconocido. Era la roca en la que su corazón encallaba y naufragaba, logrando sobrevivir lleno de cicatrices y dañado.

Esos pensamientos asomaron a su cabeza como nubes diminutas en un cielo azul de un día perfecto y soleado que no proyectaban sombra alguna sobre el intenso gozo que le proporcionaba hacer el amor con él. De algún modo resultó tranquilizador saber que se estaba lanzando de cabeza hacia los problemas y se juró que iba a disfrutar cada segundo de la dulce experiencia.

Se movieron al unísono como una pareja veterana de bailarines que ejecutaba una coreografía espectacular con giros nuevos que le aportaban un toque de magia inesperada. El primer orgasmo condujo casi sin pausa a un segundo, y luego a un tercero, mientras ambos escalaban cumbres nuevas de placer inimaginable en casi cada superficie del barco.

Cuando al fin quedaron uno en brazos del otro,

extenuados, sudorosos e increíblemente satisfechos, ella apenas podía creer que aún siguiera en el mismo planeta que había habitado como la Vicki nerviosa, furtiva e inquieta de unas horas atrás.

Al menos físicamente había podido volver a abrirse a Jack y regresar al mundo exótico de placer y pasión que siempre habían compartido.

Vicki no era como otras mujeres. En cuanto fijaba esos ojos claros y penetrantes en él, estaba perdido.

Respiró hondo. Se sentía flotar a un metro del suelo entre una bruma de felicidad sensual y sexual, y eso que ya no se tocaban. Ella estaba apoyada sobre un codo mientras el sol obraba su magia en el cabello oscuro.

—Tienes poderes mágicos —musitó, mirándola a los ojos.

—Ojalá.

—Seguro. Si no, ¿cómo se explica que encontraras un barco perdido que mis antepasados y otras muchas personas llevan buscando desde hace siglos? Y en menos de un día.

—Una mirada nueva.

—Desde luego que es nueva, pero eso no explica sus poderes de percepción —ella se humedeció los labios y Jack sintió una oleada de sensaciones por la entrepierna.

—Cuando miras algo todos los días, terminas por dejar de verlo. Llevas durmiendo bajo ese fresco desde hace tanto tiempo, que para ti no es más que un techo. Yo tuve que estudiarlo atentamente, por no hablar de la suerte que tuve por el modo en que la luz lo iluminaba, para descubrir que la superficie no era del todo estable. Los frescos deberían durar mil años o más, pero solo si se aplican de la manera correcta, con el artista pintando sobre yeso fresco y húmedo. El tuyo estaba descolorido y descascarillándose, por lo que consideré que valía la pena estudiarlo.

–Dudo mucho que un pirata se preocupara demasiado por la calidad y perdurabilidad de su trabajo. ¿Cómo supiste que había otro cuadro debajo?

–Te sorprendería saber las veces que lo hay en las obras que pasan por las manos de los subastadores y las galerías. Como los piratas, los artistas son un grupo de carroñeros pobres obligados a arreglarse con lo que puedan conseguir –le dedicó una sonrisa seductora, casi felina–. Y mi pálpito resultó ser afortunado. Cualquiera podría haberlo deducido si hubiera gozado de la oportunidad de contemplar el fresco, pero tus antepasados fueron lo bastante inteligentes como para ocultarlo donde solo pudieran verlo sus acompañantes más íntimos.

–Si hubieran pasado las noches en compañía de mujeres inteligentes, hace tiempo que habrían encontrado el barco y sus tesoros.

–¿Alguno de ellos dejó alguna vez esta isla para siempre?

–Mi padre, pero por mandato judicial, no por elección propia. Ya se había jugado o bebido todo lo demás, de modo que era lo último que le quedaba para entregarle a mi madre cuando se divorciaron.

–¿Dónde vive tu madre ahora?

–En South Beach, Miami. Su nuevo marido y ella disfrutan de las fiestas más que buscar tesoros de piratas.

–Una mujer afortunada. Escapó y vivió para contar la historia.

Él sonrió.

–Lo que hace que me cuestione si tú lo lograrás –a pesar de la oscuridad, pudo ver que algo centelleaba en los ojos de Vicki.

–Solo el tiempo lo dirá.

La pregunta la ahuyentó, porque sacó las hermosas piernas de la cama y se agachó para recoger el bañador ya seco. El deseo serpenteó por la periferia del cerebro de Jack mientras se lo ponía. Luego se envolvió con una toalla y se quedó contemplando el agua, donde los primeros destellos del amanecer empezaban a fundirse con el horizonte.

–¿Podemos regresar ya?

Le habría encantado quedarse allí una semana con ella, ajenos al mundo.

–Si insistes, mi señora.

–Insisto.

Durmieron hasta tarde bajo el fresco. Ella fue la primera en despertarse y en sentarse con celeridad cuando el recuerdo del último día y la noche inundó su cerebro ya despejado por el descanso. Se dijo que el hecho de haberse acostado juntos no representaba algo extraordinario. Tampoco era la primera vez.

Pero había sido maravilloso.

Se levantó con cuidado de la cama para no despertarlo. Un vistazo rápido le confirmó que era tan peligrosamente atractivo como lo recordaba. Y peor aún, que tenía los ojos abiertos y la observaba.

–Vuelve a dormirte. Quiero estar sola –no lo miró mientras le hablaba y esperó sonar severa.

Necesitaba algo de tiempo para procesar lo que estaba pasando. No había nada peor que verse arrastrada por una oleada de acontecimientos que la dejara en alguna parte inesperada y de la que no se podía volver.

Se había duchado antes de meterse en la cama, de modo que sacó unas braguitas y un vestido veraniego de la cómoda, junto con el teléfono móvil, y salió de la habitación.

Una vez fuera, se permitió apoyarse en la pared y respirar hondo. Qué noche. Nadie le hacía el amor como Jack... la abrazaba con tanta pasión y convicción. Casi costaba creer que no la amara.

Se dirigió a la cocina, donde bebió un vaso con zumo de naranja. Se preguntó si alguna vez realmente había tenido la esperanza de no practicar el sexo con él. No la sorprendía que el barco llevara una buena equipación de preservativos, aunque ella no los necesitara. Jamás dejaba eso al azar y ya iba bien protegida.

Pero su corazón no se hallaba tan bien protegido.

Dos amigas le habían dejado mensajes, preguntándose dónde estaba. No le había contado a nadie su viaje a Florida. No había querido que nadie lo supiera, por si se acobardaba al final o fracasaba.

Diecisiete llamadas perdidas. Todas de Leo Parker. ¿Había llamado diecisiete veces sin dejar un solo mensaje? ¿Acaso pensaba que no se daba cuenta de que la acosaba como un loco salido de una película de terror? Con la salvedad de que no daba miedo... más bien tristeza. Casi se sintió tentada de llamarlo y exponerle lo que pensaba de él, pero no se ganaba nada haciendo enemigos, y menos en su mundo, donde todos se conocían. Lo había descartado, y luego se había enterado de que tenía una tía que era la conservadora jefa del Museo Metropolitano.

Sintió unas pisadas que se dirigían hacia ella.

—No podías quedarte lejos, ¿eh? —lo desafió con mirada dura cuando entró en la cocina. Necesitó un tremendo esfuerzo para apartar la vista de ese torso bronceado.

—No —expuso con la franqueza que lo caracterizaba—. Y pensé que sería mejor que yo te preparara el desayuno. Recuerdo que odiabas cocinar, por eso voy a hacerte unos gofres de papaya de mi propio huerto en el patio trasero.

En ese momento el estómago la traicionó con un sonoro crujido.

—Al parecer mi cuerpo dice que sería fantástico.

La sonrisa de él la desarmó. Debajo de esa fachada de arrogancia, seguridad y de su actitud irritante, Jack Drummond era un hombre agradable y honesto.

A menos que hubiera que depender de él. Se recordó que por encima de todo valoraba su independencia y libertad. Y no pensaba cometer el error de volver a olvidarlo.

Pasaron el día en el barco y en el agua excavando en la arena. Tras decidir que ahí había una embarcación entera y que representaría un proyecto enorme desenterrarla, decidieron pedir refuerzos. Jack llamó a su tripulación y los obligó a jurar mantener el secreto. Se mostró taciturno tras la última conversación.

–Dirk me acaba de comentar que ha recibido una llamada de Lou Aarons para que buceara para él por el mismo naufragio –expuso ceñudo.

–Imposible. Nadie sabe que está aquí.

–No hasta ahora, pero es bastante fácil descubrir cuando alguien trama algo. Un helicóptero que no vimos u otro barco no muy lejos mientras nos sumergíamos. La gente conoce mi barco, de modo que si permanece anclado en un sitio demasiado tiempo, empieza a hacer suposiciones.

Vicki se mordió el labio y se preguntó si de verdad alguien podría arrebatarles la copa ante sus propias narices, por no hablar del posible tesoro que tenían la posibilidad de encontrar.

–¿No podemos establecer un derecho sobre el lugar?

–Claro, pero requiere tiempo. Nadie va a venir a volar nuestro barco, pero pueden buscar en la misma zona. En los naufragios, los restos se dispersan bastante lejos, tanto que el fragmento de tu cáliz podría hallarse a un kilómetro de distancia. Por eso el equipo ayudará. Sabe cómo buscar con rapidez en el lecho marino. Iremos a tierra en busca de suministros, luego podremos quedarnos en el agua noche y día hasta que demos con lo que necesitamos.

Ella se preguntó qué era lo que necesitaba Jack. Desde luego, no el fragmento de la copa. Probablemente lo entusiasmaba encontrar los bienes robados de su antepasado pirata. Tenía que reconocer que a ella también le entusiasmaba esa idea.

Regresaron a repostar y Jack fue a comprar algunos repuestos a un almacén especializado. Vicki fue a un mercado pequeño en busca de suministros de alimentación básicos y litros y litros de agua. Acababa de terminar de cargar todo en el barco y de desembarcar para ir a tomarse un capuchino cuando oyó pisadas a su espalda en el muelle de madera.

–Qué sorpresa –comentó una voz con marcado sarcasmo.

Leo Parker.

Al reconocerla, giró en redondo con cierta alarma.

–¿Qué haces tú aquí?

–Estoy de vacaciones con mi viejo amigo Iago. ¿Lo conoces? Es el dueño de Inversiones Vizcaya.

Se encogió de hombros. Había oído hablar de él, y ningún comentario era bueno. Se preguntó cómo librarse de Leo.

–¿No recibiste mis mensajes? –frunció la frente, más bien estrecha, por debajo del pelo rubio cuidadosamente peinado.

Vicki negó con un gesto de la cabeza.

–Perdí mi teléfono. Tuve que comprar uno nuevo –con aprensión, se preguntó si la habría rastreado hasta allí.

–Oh, eso lo explica. Iago ha vuelto a Nueva York unos días, así que dispongo de su casa y barco para mi propio uso. Estaba pensando que podrías unirte a mí.

Esbozó esa sonrisa irritante y vacua a la que había jurado no volver a someterse jamás.

Miró alrededor. No había rastro de Jack. El instinto le enviaba todo tipo de señales de advertencia. ¿En qué mundo ilusorio vivía ese hombre?

–Me temo que no puedo. He venido con un amigo y estamos realmente ocupados.

–Estoy seguro de que podrás sacar algo de tiempo para mí, Vicki. Porque sé más sobre ti que lo que he dejado entrever.

El modo en que pronunció su nombre hizo que un escalofrío le recorriera la espalda. Se preguntó qué podía saber de ella ese imbécil. Había tenido cuidado de no revelarle nada mientras aceptaba sus invitaciones para cenas caras.

–Realmente he de irme –con la mano indicó el barco que acababa de dejar. Ni quería decirle que iba a tomar un café, ya que lo tomaría como una invitación. ¿Dónde estaba Jack?

El almacén de repuestos se hallaba en el otro extremo del puerto deportivo y probablemente seguiría allí.

—Estoy al corriente de la bancarrota de tu padre.

Ella tragó saliva. Su padre jamás se había declarado en bancarrota. La complejidad de sus inversiones, o quizá la ilegalidad de algunas, hacía que ese recurso fuera imposible. Simplemente, se había arruinado. Pero decir algo al respecto solo confirmaría lo que en apariencia Leo sabía... que tanto su familia como ella estaban en la más absoluta miseria.

—No sé de qué estás hablando.

Él emitió un sonido desagradable que pasaba por una risa.

—Dejemos los juegos, Vicki. Tú necesitas dinero y yo lo tengo. Disfrutamos de la compañía del otro y tenemos mucho en común —extendió una blanca mano—. Ven a disfrutar de una cena agradable conmigo y hablaremos de algunos planes.

Reculó dominada por una sensación de pánico.

—No puedo ir a cenar contigo, ni ahora ni nunca. Estoy prometida con otro hombre —lo dijo bien alto y claro. Y no fue hasta que las palabras salieron de su boca cuando notó que Jack salía de un barco rojo y blanco situado a unos pocos metros.

Capítulo Siete

Vicki no sabía adónde mirar. Quería huir, que se la tragara la tierra. ¿Se preguntó si Jack habría escuchado toda la conversación con Leo. Preferiría morir antes que decirle que estaba en la ruina.

Era evidente que había oído la última parte, ya que fue hacia ellos y le rodeó la cintura.

–¿Va todo bien, cariño?

–Mmm, sí. Regresaba al barco –supuso que podría presentarle a Leo, pero como este estaba chiflado, lo más sensato parecía ser grosera.

–Jack Drummond –extendió el brazo libre hacia el hombre–. ¿Eres amigo de mi novia?

–Somos amigos. No tenía idea de que estuviera comprometida –Leo parecía agitado.

Probablemente se preguntaba por qué no se lo había mencionado con anterioridad.

La mirada de Jack le quemaba.

–Fue algo súbito. Todavía ni siquiera tenemos los anillos. Nos amamos desde hace años, por supuesto. Vicki se ha venido a vivir conmigo a mi barco.

Jack ni siquiera intentaba ocultar la nota de humor en la voz.

–Siempre me ha gustado el agua –logró manifestar ella con sonrisa boba.

93

–Bueno, pequeña, será mejor que regresemos al barco para que puedas prepararnos algo para cenar –volvió a apretarle el costado–. Ha sido un placer conocerte...

Leo comprendió entonces que no había logrado presentarse.

–Parker. Leo Parker –dijo con voz algo temblorosa.

El que Jack insistiera en conocer el nombre de Leo hizo que Vicki se preguntara si estaría algo celoso.

Ese pensamiento le alegró el estado de ánimo.

Emitió un suspiro cuando Leo se marchó y Jack la guió de vuelta al barco. Una vez a salvo a bordo, vio que con abatimiento se subía a un todoterreno negro que había en el aparcamiento del puerto.

–Ese sujeto no tenía ni idea de que estuviéramos comprometidos –Jack la miró con ojos divertidos–. Y lo peculiar es que yo tampoco.

–Ese sujeto es un chiflado. Intentaba deshacerme de él –no pensaba preguntarle si había escuchado la parte acerca de la situación financiera de su padre–. Espero que no me haya seguido hasta aquí.

–¿Cómo podía saber dónde localizarte?

Ella se encogió de hombros.

–Pedí que me reenviaran el correo. Y Katherine Drummond evidentemente dedujo adónde iba porque te lo dijo. Tú me encontraste con suma facilidad. O quizá me puso algún artilugio de rastreo la última vez que fui lo bastante tonta como para aceptar su invitación a cenar.

Jack no parecía nada celoso. Probablemente pensara que estaba demasiado sola y desesperada para salir con alguien como Leo Parker.

–Supongo que si no capta la indirecta, tendré que defender tu virtud –arrancó con expresión de sentirse divertido ante esa perspectiva.

–Gracias por tu apoyo. Se aloja con Iago Knoll, de modo que todavía va a seguir por aquí. Dios –volvió a temblar.

–¿Por qué saliste con él?

–No sabía que iba a convertirse en un acosador.

–Supongo que es algo difícil de predecir.

Salieron del puerto. La presencia tranquilizadora de Jack la reconfortó al echar un último vistazo al aparcamiento del puerto y ver que el todoterreno de Leo seguía quieto en la oscuridad.

–Pero no parece tu tipo de hombre –añadió Jack.

–¿Cuál es exactamente mi tipo de hombre? –cruzó los brazos. En ese momento, la arrogancia de Jack era una buena distracción.

–Yo, desde luego.

–Estás muy seguro de ti mismo –lo vio sonreír.

–Sospecho que es una de las cosas que te resultan atractivas de mí.

Sabía que la estaba provocando.

–Que no se te suba a la cabeza. Solo voy tras tu cuerpo musculoso.

–Y no olvides mi famosa habilidad para buscar tesoros.

–Sí, eso también. ¿Vamos a regresar al emplazamiento esta noche?

–No, lo primero que haremos por la mañana será recoger aquí al equipo e ir en grupo. Conocerás a los chicos.

–Estupendo. ¿Vas a presentarme como tu novia? –la risa estruendosa le dio la respuesta que necesitaba.

Esa noche, después del tercer orgasmo, su mente comenzó a inventarse fantasías extrañas de una vida de eterna felicidad con Jack. Otra vez, cuando se dejó llevar por el sueño en el cobijo seguro de sus brazos grandes y fuertes. Por una vez no sentía que tuviera que combatir con alguien o preocuparse de lo que pudiera aportarle el mañana. Jack se hacía cargo y lo tenía todo cubierto. Su equipo se sumergiría con los aparatos de alta tecnología mientras ella tomaba un margarita en cubierta y observaba a los pelícanos.

Estar inmovilizada en el barco de Jack había sido idea suya y representaba unas vacaciones, por lo que bien podía disfrutarlas al máximo.

El equipo de Jack lo conformaban cuatro hombres cuyas edades iban de los veintitantos años hasta los cincuenta y muchos. Todos parecían entusiasmados y contentos de hallarse allí. Jack le concedió todo el mérito del descubrimiento del lugar del naufragio y la trató como al resto del grupo.

Partieron en dos embarcaciones. Al llegar, anclaron la más pequeña y se reunieron en el barco principal de él para prepararse para la inmersión. Estaban en la cubierta comprobando el equipo cuando Jack se situó detrás de ella, le rodeó la cintura con los brazos y le dio un beso en la mejilla.

Mientras Vicki se quedaba boquiabierta, los cuatro hombres podrían levantar la cabeza y verlos. El bochorno se mezcló con la indignación. ¿Es que quería alardear de que era capaz de conseguir a la mujer que deseara? Pero ninguno alzó la vista, haciendo que se preguntara si siempre llevaba a una chica a bordo para que les diera buena suerte, como los mascarones de proa en los barcos antiguos.

Pero a su pesar notó que se derretía ante el contacto de esos labios en su mejilla y el círculo cálido de esas manos en torno a su cintura. Y cuando le devolvió el beso, cerró los ojos y olvidó todo sobre los hombres, el mar y el sol, el pecio hundido y el cáliz perdido, Leo Parker y el resto del torbellino que atestaba su cerebro. No existía nada más que Jack y ella en ese apasionado abrazo mientras se besaban como si fuera lo último que harían alguna vez.

Él fue el primero en retirarse, dejándola parpadeante y sin aliento a la luz del sol. Vicki retrocedió demasiado deprisa, pisó un tanque de oxígeno y tuvo que aferrarse al brazo de él para estabilizarse.

–¿Piensas sumergirte? –la brusca pregunta descartó todo lo sucedido con anterioridad.

–Claro –de pronto ya no quiso ser la mascota sentada en la cubierta que esperaba que los hombres volvieran–. Pongámonos en marcha –intentó distraerse comprobando su equipo, poniéndoselo y ajustando las correas.

Jack se había ido al otro extremo del barco y repasaba algunos detalles con un miembro del equipo acerca de cómo marcar en el mapa la posición del naufragio.

La inmersión duró todo el día, con un descanso dicharachero para comer. Era obvio que todo el equipo estaba contento con el hallazgo.

Mel era el mayor, con años de experiencia en pesca comercial antes de probar en el mundo de la búsqueda de tesoros. Con el pelo blanco y el cuerpo bronceado de un joven, encontraba humor en todo. El jovial Greg les obsequió con historias de un viaje reciente de pesca profunda en las Bahamas con un famoso productor musical y su esposa supermodelo. Luca era un italiano atractivo con acento marcado y una actitud seductora que en otro momento de su vida Vicki habría encontrado divertida. Y Ethan era un universitario entusiasta al que todo en ese mundo le parecía lo mejor. Y todos trataban a Jack casi con una reverencia que impresionaría si no fuera tan irritante.

–Vicki es mi amuleto de la suerte –le sonrió mientras daba un mordisco al kebab que estaba comiendo–. Creo que el naufragio estaba esperando que ella llegara para revelarse.

–Los barcos tiene sus sentimientos –Mel le sonrió–. Cualquier viejo marino te lo corroborará. Y ahora se eleva para darnos la bienvenida.

Habían extraído más arena, encontrando el barco en una condición intacta asombrosa.

–Vicki está más interesada en un tercio de un cáliz familiar que iba en el barco cuando naufragó. Al menos eso suponemos. Ahora mismo podría estar en una taberna de Jamaica –le guiñó un ojo–. Pero aunque no lo encontremos, nuestro trabajo tendrá su recompensa.

Indicó los tubos de plástico ya llenos con artículos recuperados del barco. En ese momento parecían rocas inidentificables, todas unidas por coral, pero nadie sabía qué tesoros podía haber ahí dentro.

–Es una suerte que llegáramos tan rápido. Mira quién anda ahí –Greg señaló hacia el sur, donde un barco grande y blanco era claramente visible.

–Lou Aarons –dijo Mel con una risita–. Siempre un paso por detrás. Juro que ese tipo mira dónde va el barco de Jack y se pone a excavar cerca.

–Que el viejo Lou se quede con nuestras sobras –Jack sonrió antes de beber un trago de té con hielo–. No tenemos que ser codiciosos cuando disponemos de este botín al alcance de nuestras manos. Siempre y cuando no se quede con el cáliz de Vicki –la miró–. Y no olvidéis que lo más probable es que no parezca un cáliz –continuó él–. Podría ser la base. De modo que cualquier objeto metálico sin identificar que encontréis, mostrádmelo aunque parezca completamente inútil.

Se sumergieron toda la tarde y habían llenado diez contenedores grandes de plástico con «hallazgos» antes de parar poco antes del crepúsculo. Ethan iba a quedarse a dormir en el barco a vigilar el lugar mientras los demás regresaban a tierra en el bote. Jack y Vicki dejaron a los tres tripulantes en el puerto deportivo y luego regresaron a la isla, llevándose consigo el botín.

A pesar del cansancio por el día de trabajo, la mente de Vicki bullía de entusiasmo ante la perspectiva de examinar lo que le habían quitado al mar.

–Hemos de mantener todo mojado –Jack había llenado cada contenedor con agua salada, haciendo que fuera trabajoso sacarlos del bote–. No queremos exponer los artículos al oxígeno del aire hasta saber qué tenemos entre manos.

–Sí, capitán.

–Por lo general empezamos con un pequeño cincel o una máquina de rayos X, dependiendo de la delicadeza de los artículos y su posible valor. En este caso voto por los rayos X.

La máquina de rayos X era portátil y Jack la montó como una cámara para enfocar sobre cada objeto colocado sobre una mesa con fondo de cristal en el salón.

Sacó una primera imagen, bajó el aparato de rayos X y escrutó el monitor.

–Mmm –musitó.

–¿Qué? –ella lo rodeó para poder ver la imagen.

Varias formas largas y onduladas sobresalían contra un fondo con relieve. También pudo ver algunas masas curvas.

–Podrían ser cuchillos. Eso parece una jarra. Quizá hayamos encontrado la cocina.

–Podría ser un buen sitio para guardar un viejo cáliz –lo miró de reojo.

–Sí, como si pudiera ser tan fácil –Jack rio entre dientes–. Desde luego aquí hay algunas cosas interesantes, por lo que en este punto es cuando sacamos los cinceles. Pero eso lo dejaremos para luego.

Después de cenar el asado que les había dejado el ama de llaves, sometieron algunos contenedores más a rayos. Uno contenía unos pequeños objetos redondos que Jack reconoció como monedas, pero no pareció lo bastante entusiasmado como para liberarlas. Había muchas formas que podían ser parte de una copa vieja.

A medida que se acercaba la medianoche, Vicki se mostró más impaciente para pasar a la siguiente actividad en su agenda… acostarse con Jack.

–Creo que deberíamos dormir un poco.

La voz de ella hizo que alzara la vista del monitor.

–¿Es tarde? –perdía todo rastro del tiempo cuando se encontraba ante un hallazgo nuevo. La adrenalina que acompañaba al descubrimiento de historia enterrada podía mantenerlo despierto durante días.

–Para la mayoría de la gente, sí. Yo me voy a la cama.

No parecía cansada. Se la veía preciosa.

–De acuerdo –ajustó el brillo del monitor. Ahí había algo poco usual. Delicado y de múltiples facetas… quizá como una joya. Era demasiado pronto para saberlo, pero… tal vez pudiera tomarse tiempo para desprender esa pieza con suma delicadeza.

–¿No vienes? –Vicki se demoró en el umbral. Llevaba una camiseta larga y una ropa interior tentadora que sabía que él había notado cuando se agachó para recoger los minerales sueltos.

–En un rato –el objeto misterioso atraía su atención. El oro tenía una cualidad determinada en una imagen por rayos X. Al menos para él. Casi podía detectarlo por instinto.

–Puede que me sienta sola.

Esas palabras suaves hicieron que alzara la vista del monitor. Vicki le pedía que fuera a la cama. Era algo nuevo.

Al parecer era su turno de ser seducido.

–En ese caso, será mejor que vaya contigo –apagó el equipo y la siguió por el pasillo, viendo el contoneo de sus caderas.

Una vez dentro, se detuvo para disfrutar de la vista mientras ella se quitaba la camiseta. Las braguitas negras eran escuetas, con un diseño que revelaba más que cubría.

Se subió a la cama con un movimiento que le envió sangre a la entrepierna, y se tumbó allí, con expresión seductora y los ojos entrecerrados.

Quitándose los vaqueros y la camiseta, cruzó el dormitorio dominado por la excitación. Le besó los labios con suavidad, luego con más pasión, profundizándolo hasta que de ellos escapó un gemido dulce de placer.

Le llenó el cuerpo con besos delicados y luego le lamió el sexo hasta que palpitó expectante. Su propia excitación era casi intolerable. Los dedos largos y elegantes de Vicki le recorrieron parte de la espalda y se hundieron en su pelo mientras los suspiros que emitía llenaban el aire como música.

Cuando finalmente la penetró, estaba al borde de sufrir una combustión espontánea. Ella se mostró ansiosa, acercándolo y besándolo con los ojos cerrados.

Al llenarla, una y otra vez pronunció su nombre, como si tratara de convencerse de que realmente era él. Jack no necesitaba convencerse de que Vicki St. Cyr era la mujer más atractiva, confusa, original y maravillosa que jamás había tenido el placer de conocer. Una parte de él despreciaba su debilidad de tantos años atrás por temer el poder y la pasión de ella. Se trataba de una fuerza de la naturaleza, como un tornado que engullía todo a su paso.

Al menos entonces lo había sido. En ese momento se la veía más serena, ecuánime, sutil. Pero tal vez igual de contundente.

Esos pensamientos pasaron por su mente mientras rodaban sobre la cama. En el pasado le había tenido miedo, aunque antes habría muerto que reconocerlo. Estaba tan segura de sí misma, era tan consciente del poder que ejercía sobre los hombres y todos los demás. Pero esa seguridad, esa arrogancia, habían sido una parte importante del encanto que irradiaba. Nadie se atrevía a discutir con ella porque sabía que perdería. Jugar con Vicki era como

103

jugar con un cachorro de tigre o con fuego… jamás se sabía cuándo se iba a volver contra uno.

De modo que se había decantado por la acción cobarde y había huido.

Había intentado perderse en los abrazos suaves de otras mujeres. De distraerse con el trabajo, los viajes y proyectos nuevos y estimulantes.

Hasta que oyó que regresaba a la ciudad y experimentó la impaciencia de verla. Vicki había irrumpido de vuelta en su vida con la fuerza de un siroco, volviéndola del revés y recordándole la razón por la que se había mostrado tan cauto con ella.

Seguía sin saber por qué había regresado. La excusa de encontrar la copa y reclamar la recompensa solo tenía sentido si necesitaba imperiosamente el dinero. Algo que costaba imaginar.

Rodó de nuevo hasta dejarla encima de él. Si la búsqueda de dinero la había llevado de vuelta a su vida, desde luego no era lo que la había llevado a su cama. Estaba tan encendida y hambrienta de él como Jack de ella, y tampoco tenía reparos en demostrarlo.

Al volver a situarse arriba, le besó la cara a través del cabello húmedo y bebió de su fragancia femenina. Esa mujer lo volvía loco. Incrementó el ritmo hasta que el orgasmo la conquistó y al final también Jack soltó la tensión agónica pero placentera que se acumulaba dentro de él.

Apoyaron las cabezas sobre las almohadas, los pechos subiendo y bajando con respiración agitada y la piel mojada por la transpiración. Tener a Vicki en su cama era tan idóneo. Abrió los ojos para ver el fresco que ella había revelado, sin que él fuera capaz de verlo durante años.

Quizá Vicki había regresado a su vida como un signo de que era tiempo de que él...

Por su conciencia aleteó la palabra asentarse, lo que hizo que se moviera incómodo en la cama. Luego tuvo ganas de reír. La vida con Vicki sería cualquier cosa menos asentada. Era tan inquieta y se aburría con igual facilidad que él, siempre en busca de placeres y misterios nuevos.

Se preguntó si era esa la vida que estaba destinado a llevar. La cuestión vibró en su corazón. ¿Sentiría ella lo mismo?

La miró y vio que había cerrado los ojos, agotada después del largo día. Lo invadió un instinto protector. Debía cerciorarse de que descansara bien. Había aparecido pálida, pero el aire, el sol y la buena comida, sin olvidar el sexo revitalizador, ya empezaban a obrar su magia en ella, pero tenía que asegurarse de que no se excediera.

La oyó soltar un suspiro suave. Parecía tan relajada en ese momento, todas las defensas bajadas. Sus facciones delicadas mostraron una sonrisa y pudo ver que movía los ojos bajo los párpados, por lo que debía de estar soñando.

Giró hacia él y emitió otro suspiro. Luego murmuró algo con voz muy queda, casi un secreto.

Él lo escuchó y las palabras hicieron que la sangre se le helara en las venas.

Capítulo Ocho

Vicki despertó de pronto, desorientada por la brillante luz del sol. Se sentó en la cama y comprobó la hora en su teléfono móvil. ¿Cómo podían ser las nueve y veinte?

Se cubrió la desnudez con una camiseta, abrió la puerta del dormitorio y se asomó al pasillo.

–¿Jack?

–Buenos días, señorita. Usted debe de ser Vicki.

Una mujer baja y de pelo negro salió del dormitorio de al lado, sobresaltándola. El ama de llaves de Jack.

–Y usted Paloma. Jack siempre habla de usted.

Deseó llevar puesto algo más que una camiseta, ya que así resultaba obvio lo que habían estado haciendo toda la noche. Aunque Paloma debía de haber presenciado muchas escenas parecidas.

–Jack me dijo que usted estaría dormida. Comentó que ayer había trabajo mucho y duramente. También me pidió que le preparara un buen desayuno y que la dejara hacer lo que quisiera con todas las rocas y cosas que hay en el salón –movió la cabeza–. No sé por qué no puede ocuparse de esas cosas en el taller. El agua de mar no es buena para los suelos de madera.

De modo que Jack la había dejado con el tesoro. Eso habría planteado un día interesante, pero, de algún modo, se sentía dolida y abandonada. Tal vez fuera un mensaje sutil de que el equipo se movía con mayor velocidad y eficacia sin ella.

–¿Tiene pomelo?

–Por supuesto –Paloma sonrió–. Y hay galletas recién horneadas. ¿Qué le parece si las acompaña con unos huevos revueltos?

El estómago le crujió en asentimiento.

No importaba que Jack no estuviera. Podía darle un descanso del sol a su piel, y también disfrutar del lujo de una siesta.

Después de desayunar, salió al exterior, pero no pudo ver el barco; se dijo que debía hallarse más allá del horizonte. El clima era sensual y lánguido, perfecto para relajarse en una hamaca. Pero no pudo resistir ser la primera persona en manipular objetos que se habían hundido hacía cien años.

Encendió el ordenador y encontró los archivos de los rayos X, luego los imprimió.

En la tercera imagen, algo captó su atención. Una delicada filigrana de metal empotrada en la masa sólida de arena y coral. El corazón le latió deprisa al discernir la forma de lo que parecía el perfil de un collar grande y complejo aún con la cadena.

Localizó la pieza del lecho marino etiquetada con el mismo número y la bandeja con cinceles de todos los tamaños que Jack le había mostrado. Dejó la roca en el contenedor de plástico marinándose en unos centílitros de agua salada. Probablemente así contendría mejor los fragmentos en un solo lugar.

Empleando un cincel mediano, descubrió que la costra era de una dureza sorprendente. Y cuando se rompía, tendía a hacerlo en fragmentos grandes. Pasó a un cincel menor en busca de precisión. Lo último que pretendía era mellar una antigüedad de gran valor. Con la práctica, refinó la técnica y estableció un ritmo, y alrededor del mediodía, la pieza largo tiempo perdida comenzó a salir de su tumba de piedra.

Primero vio un eslabón y de inmediato tomó el cincel más pequeño, quitando la arena endurecida casi grano a grano.

No cabía duda de que la cadena estaba hecha de oro. Impoluta por su prolongado entierro, reflejaba el sol que entraba por la ventana como si hubiera estado esperando todo ese tiempo para manifestarse.

Bastante gruesos, los eslabones estaban doblados pero todos intactos. El colgante unido a la cadena también era de oro, mellado y de forma cuadrada, y daba la impresión de que le faltara algo. Carecía de joyas. Lo más probable era que los antepasados de Jack las hubieran arrancado para jugárselas en alguna partida de dados.

Siguió trabajando, y cuando Paloma se marchó, se dio el gusto de esa siesta con la que había fantaseado. Entró en un reino de sensualidad parecido al de la noche anterior. Le resultó perturbador, porque no presagiaba que pudiera olvidar a Jack con facilidad cuando la aventura se hubiera terminado.

Este atracó poco después de oscurecer. Vicki buscó en la cocina y encontró un guiso que Paloma debía de haber dejado preparado. Puso la mesa y sirvió dos copas de vino, luego encendió las velas en la repisa de la chimenea y se tomó tiempo para arreglarse la cara y el cabello.

Una vez en el recibidor, sonrió al verla.

—Te hemos echado de menos.

Sus palabras la conmovieron. Llevaba la camiseta húmeda.

—Yo también. Solo un poco, ya que me mantuve ocupada.

—No lo dudo. ¿Has encontrado algo bueno?

—Por supuesto. Lo he apilado todo en esa mohosa cómoda que hay en el salón –le pareció más idóneo para un botín pirata–. He hallado un collar, cuatro balas de mosquete, un tenedor, dos anillos y una jarra. Y todo eso en una única pieza de piedra.

—Impresionante –sonrió y le posó las manos en el trasero y le dio un beso en la mejilla.

Ella sonrió.

—Apuesto que sin mí para daros suerte, no habéis encontrado gran cosa.

—Debiste estar con nosotros en espíritu, porque descubrimos el filón principal. Probablemente el camarote donde las mujeres se protegían de la tormenta.

—¿Había mujeres en un barco pirata?

Él se encogió de hombros.

–Si fueras un filibustero lleno de testosterona, ¿no querrías que te acompañaran algunas damas en tu viaje?

–Puede que una –enarcó una ceja–. ¿Tú preferirías un grupo entero?

–Jamás –le dio un beso en la otra mejilla–. Yo soy hombre de una sola mujer.

«Una sola mujer por vez, pero no por demasiado tiempo». Intentó que sus pensamientos no se le reflejaran en el rostro.

–Bueno, eso es un alivio. Tengo la cena lista, aunque no es mío el mérito de prepararla. Paloma parece una buena mujer a la que tener en tu barco pirata.

–Es mi arma secreta.

–¿Cómo llega hasta aquí?

–Un amigo, viejo lobo de mar, la trae desde el puerto deportivo todos los días a las nueve y pasa a recogerla a la una –se detuvo en el umbral al ver las velas encendidas y las copas de vino.

Sirvió el estofado que irradiaba un delicioso aroma a vino y se sentó a la mesa.

Jack alzó su copa.

–Por compartir la mesa con una mujer que sería la envidia de mis antepasados.

–Están por todas partes, ¿no? –miró alrededor. Las paredes exhibían sables y alfanjes decorativos y en la repisa de la chimenea había una pirámide compuesta por balas de cañón a escala.

–Si así fuera, ¿no me habrían contado ya dónde está el naufragio?

–Quizá les divierta más ver cómo lo buscas. ¿Encontrasteis algún cuerpo?

–Nada. Solo las cosas que habrían llevado encima –bebió un sorbo de vino–. A veces los cuerpos desaparecen sin dejar rastro, cosa que yo prefiero.

–Pobre gente –le dio un escalofrío–. Me pregunto si el barco se hundió con rapidez.

–Debió hacerlo, si únicamente hubo un superviviente. Está bastante cerca de la costa, de modo que a menos que Lázaro Drummond liquidara a todos los demás con el mosquete que hemos recobrado, debió de haber más personas que consiguieran llegar a tierra. No creo que jamás lleguemos a saber lo que sucedió. Como has comentado, los piratas no mantienen los mejores registros.

–Quieren aferrarse a sus misterios –lo que podía entender. Le parecía que cuanto más se quedaba allí, más le revelaba a Jack de sí misma. Y eso no era bueno–. Entonces, ¿crees que gran parte del tesoro estaba en esa habitación?

–Eso parece –asintió–. No es inusual que los marinos guarden todas sus posesiones más valiosas en una habitación cerrada cuando un barco sufre problemas y aseguren las escotillas. Entonces saben dónde están y pueden recuperarlas con facilidad si la nave comienza a hundirse.

Después de la cena, Vicki le mostró su hallazgo y le agradó verlo impresionado con sus dotes. Jack entró los contenedores con los hallazgos nuevos y los sometieron a rayos X. Había abundancia de objetos enterrados en los arenosos trozos de piedra.

111

–¿Y si hay demasiadas partes de varios cálices antiguos? –contempló una imagen en blanco y negro en el monitor.

–Pues te las llevas todas a la casa del primo Sinclair y compruebas si encaja con la que tienen allí. ¿Cómo separaron el cáliz?

–Por el aspecto del tallo, imagino que las piezas encajaban muy bien. Los extremos del tallo se veían pulidos. Creímos que sería estaño, pero resultó ser latón. Y tenía una decoración tallada, así que imagino que en las otras partes habrá una decoración similar que permita unirlas.

–Un rompecabezas.

–Exacto.

–Y si lo resuelves, los otros herederos Drummond y yo podremos vivir felices para siempre.

–O tener una oportunidad de conseguirlo mejor que la de ahora –costaba imaginar a Jack viviendo apacible y felizmente con una sola mujer el resto de su vida. Se aburriría al año. Pero al menos en esa ocasión no sería de ella de quien lo hiciera.

Pero, mientras tanto, no le haría ningún daño disfrutar de un poco de sexo.

Jack apagó el monitor.

–Deberíamos dormir algo.

–Estoy de acuerdo –la piel le hormigueó ante la perspectiva de estar pegada a él.

–Tú duerme en mi cama. Yo iré al cuarto de al lado.

–¿Qué quieres decir con eso? –la sorpresa hizo que las palabras se le escaparan de la boca.

–El dormitorio de al lado –le dio la espalda y fue hacia allí–. Así no nos distraerá el… ya sabes.

Claro que sí. Y anhelaba esa distracción.

–No estoy tan cansada.

–Lo estarás si no consigues dormir bien. ¿No quieres ir en el barco mañana?

–Sí, pero estoy habituada a una vida nocturna activa –entonces comprendió lo que estaba haciendo. Él ya se alejaba y ella lo perseguía–. De hecho, una noche apacible suena muy bien –que durmiera solo si así lo quería. No lo necesitaba. Y ya habían tenido suficiente sexo. Aunque tuvo que hacer un esfuerzo para controlar la rebeldía que quería manifestar su cuerpo–. Nos vemos por la mañana –titubeó–. ¿Me despertarás? –sonaba patética, pero le dolería que volviera a dejarla atrás.

–Claro, te despertaré. Será temprano.

Desapareció detrás de la puerta tallada sin siquiera darle un beso de buenas noches.

La despertó con un hosco: «Es hora de ponerse en marcha». No quería entrar en la habitación y ver su cuerpo maravilloso envuelto en una sábana.

Esa noche se centrarían en analizar todo lo obtenido hasta el momento y con un poco de suerte, el cáliz estaría allí. Con eso, ella se marcharía.

Y en ese momento parecía lo mejor que podía pasar. Ya que era la única mujer a la que no quería herir más que lo que ya lo había hecho.

En sus oídos aún vibraban las palabras de Vicki,

aguijoneándolo con una gran dosis de culpabilidad: «Siempre te he amado, Jack. Siempre».

Se preguntó cómo podía repetirse la historia de esa manera. Peor aún, había estado dándole vueltas a la posibilidad de que Vicki fuera esa «persona especial». No podía imaginarse aburriéndose de ella. Parecía encajar a la perfección con su vida. Y a eso se sumaba una extraña sensación de vacío cada vez que pensaba en el momento en que se fuera.

«Siempre te he amado». ¿Qué diablos significaba eso? ¿Es que había estado echándolo de menos durante los últimos seis años? ¿Qué clase de pesadilla era esa? Sí, él había pensado en Vicki de vez en cuando, pero se había mantenido ocupado nadando con los peces que había en el mar.

–Buenos días.

Vicki entró en la cocina con el largo cabello oscuro revuelto. Llevaba un biquini azul marino bajo una escotada camiseta blanca con la palabra «atrévete» escrita en negro.

Sintió que las entrañas se le encogían. ¿Cómo rechazar algo tan delicioso ante sus propios ojos?

Pero si lo que se le había escapado en sueños era cierto, a pesar de la fachada dura que mostraba, llevaba años enamorada de él y Jack no había hecho más que avivar ese fuego.

–¿Zumo de naranja? –intentó sonar indiferente, como si en su cabeza no diera vueltas la historia de su relación.

–Prefiero de pomelo –ladeó la cabeza sin abandonar esa postura de desafío.

–No me extraña –sonrió y pensó que iba a echarla de menos–. ¿Qué te parece café en su lugar?

–Perfecto.

Preparó tostadas, cortó un poco de papaya y ella mantuvo la conversación con preguntas sobre el proceso de la búsqueda de tesoros.

Mientras Jack no dejaba de pensar que era hermosa, y no solo por sus ojos violetas, su piel suave o el cabello negro como el ala de un cuervo… era por toda su manera de ser, ecuánime e intensamente apasionada al mismo tiempo. Nunca había conocido a alguien como ella.

¿Y si jamás volvía a hacerlo?

Una vez en el barco, ella se dedicó a repasar todo el equipo de buceo.

–Vicki, ¿te das cuenta de lo que has hecho?

Alzó la vista asombrada cuando habló el más joven del equipo.

–¿Qué? –preguntó desconcertada.

–Has encontrado el que probablemente sea el naufragio mejor conservado del siglo XVIII en la historia de esta zona –movió la cabeza rubia–. No sé cómo, pero la noticia se está corriendo y los buitres han empezado a volar en círculos. Mira –señaló un helicóptero en el cielo–. Los siguientes serán los reporteros televisivos. Les encanta cubrir una búsqueda del tesoro. Dispara las audiencias.

–¿Eso es bueno o malo?

–Bueno si intentas subir el precio de los objetos

hallados. Malo si aún intentas sacarlos. El peor escenario posible... que alguien trate de eliminarte del cuadro aduciendo un antiguo derecho al tesoro.

–¿Cómo pueden hacer eso si los propietarios originales llevan muertos tanto tiempo?

–A veces la corona de un país reclama el botín. Tanto España como Portugal han reclamado barcos perdidos de sus flotas de tesoros, sin importar que los barcos se hundieran hace quinientos años.

–¿Y lo consiguen?

–Sí.

–Eso es una locura –miró a Jack–. Este barco perteneció al antepasado de Jack, lo que, en mi opinión, deja las cosas bastante definidas y claras.

–Con la salvedad de que el antepasado de Jack era un pirata conocido. Si alguien pudiera demostrar poseer algún derecho sobre los objetos robados... –se encogió de hombros–. Nunca sabes lo que hará la gente cuando hay oro de por medio.

Indignada, volvió a observar el helicóptero que aún volaba en amplios círculos. Era blanco y azul, sin ninguna marca exterior salvo el número impreso en el fuselaje. Alguien los espiaba.

Se dijo que con la suerte que tenía, seguro que era Leo Parker. Se preguntó si habría sido él quien hiciera correr la noticia de su vertiginoso «compromiso» con Jack y si regresaría a Nueva York y se vería obligada a aclarar un montón de rumores.

Sintió un nudo en el estómago ante esa perspectiva.

Capítulo Nueve

–Vicki debería aparecer ante los medios.

El equipo estaba sentado alrededor de la mesa antigua de roble en el comedor. Habían regresado la noche anterior y encontrado una serie de mensajes telefónicos de diversos medios locales e internacionales que anhelaban la exclusiva del descubrimiento.

Y Jack y ella habían pasado otra noche en camas separadas. El rechazo, mucho antes que lo que ella había esperado, dolía tanto que casi se sentía embotada.

Y muy, muy frustrada sexualmente.

Pero tenía que poner una fachada de valor y actuar como ti todo marchara a la perfección.

–Apenas sé nada sobre la historia del navío ni de los métodos que estáis empleando. Sería mucho mejor si las declaraciones públicas las hiciera otro.

–Yo hablaré, por supuesto –Jack miraba ceñudo la diversidad de mapas que había impreso.

Ella solo veía un caos de números que tenían menos sentido que el demencial código de números romanos que había descifrado.

–Y estoy de acuerdo –añadió– en que Vicki debería aparecer ante las cámaras. Ha resuelto un acertijo que ha tenido a los Drummond perplejos durante siglos.

Algo le dijo que aparecer en público no sería una buena idea. ¿Y si algún periodista astuto empezaba a indagar en su pasado y descubría los problemas financieros de su padre? De hecho, era casi un milagro que aún no hubieran aparecido en la prensa.

—Si les habláis del mapa del tesoro, querrán sacar tomas y fotos de la casa. Creo que lo mejor será decir que estabais excavando por la zona y lo encontrasteis.

Jack frunció el ceño.

—Mmm, eso va contra un muy arraigado sentido de la intimidad de los Drummond. Por otro lado, y a diferencia de mis antepasados, yo no tengo nada que esconder.

—Tu isla podría convertirse en destino turístico —enarcó una ceja—. Traerán a un montón de veraneantes a ver la famosa madriguera de los Drummond.

—Y así podría establecer un negocio suplementario de venta de camisetas y tallas falsas —Jack se reclinó en la silla y juntó las manos detrás de la cabeza.

Al ver esos bíceps poderosos, las entrañas de Vicki palpitaron con deseo frustrado.

—Y tazas con tu cara bronceada impresa en ellas.

—Eh, eso me gusta —sonrió—. Pero la verdadera pregunta es, ¿a quién llamamos primero?

—¿Qué te parece si empiezas con un medio local

y dejas que la historia crezca a partir de ahí? –entonces, con suerte, ella se habría ido mucho antes de que todo se descontrolara. Si no hallaba la copa al final de la semana, se iría sin ella. Con todo lo que habían extraído, si no estaba en alguno de los contenedores, lo más probable era que se hubiera perdido para siempre.

Y con todo lo demás que estaba sucediendo, ya no le importaba. Tenía que haber formas más fáciles de ganar diez mil dólares.

–De acuerdo, iremos a la WGX. En una ocasión hice pesca de profundidad con el jefe de la sección de noticias y parece un tipo serio.

–Perfecto –ella se puso de pie–. Si me disculpáis, voy a seguir mi trabajo con el cincel.

Jack se sentía como un idiota. Vicki estaba dolida. ¿Y por qué no iba a estarlo? Cuando al fin había bajado la guardia y caído en sus brazos, él la había rechazado.

Después de haber disfrutado de unos momentos extraordinarios con ella. Pero el pecho se le encogía con solo recordar esas palabras de amor.

El equipo de la WGX había llegado y montaba todo en su salón. Vicki se había retirado al taller. Aunque había insistido en no querer aparecer ante las cámaras, había notado lo elegantemente vestida que iba y sospechó que se sentiría dolida si no la plantaba ante los periodistas.

Decidió que no iba a fallarle en ese aspecto.

Además, estaba preciosa. Las partes más primitivas de su cerebro lo instaban a abrazarla y a hundir la cara en su cabello.

Una vez más, su cerebro se vio asaltado por la perspectiva irracional de tener una relación verdadera con ella.

La puerta se abrió.

—Estamos listos para rodar.

—Voy.

Al ir al salón vio que Vicki ya se encontraba allí con todo su encanto activado. Risueña, aceptó compartir la historia del mapa del tesoro con ellos y mostrarlo. Era como una estrella de cine de la época dorada de Hollywood… Lauren Bacall o quizá Katharine Hepburn. Uno podía estar mirándola todo el día sin llegar a aburrirse. Al menos él.

Se preguntó cómo se iba a sentir cuando se marchara.

Cuando se quedaron a solas en el dormitorio, después de que el equipo estuviera rodando y la reportera los acribillara a preguntas, algunas algo embarazosas debido al emplazamiento íntimo del mapa, Vicki se sintió aliviada. De pie junto a la cama, ninguno de los dos se movió.

—Probablemente esto ha sido un error —musitó él con un vestigio de humor.

—Pero inevitable —pensó que igual que meterse en la cama de Jack.

—Ya no tendremos nada de paz.

–La vida en el mundo moderno –intentó mostrarse más ecuánime que como se sentía.

–Esta es la primera vez que al mundo moderno se le permite irrumpir en la guarida de los Drummond. Por lo general, es donde vengo para huir de todo aquello.

–Supongo que ahora sabes cómo nos sentimos los demás. Sin un sitio al que huir ni dónde escondernos –sin éxito, intento esbozar una sonrisa indiferente.

–Siempre está el mar abierto –indicó con un destello de humor en los ojos.

–Estoy segura de que son las mismas palabras que dijeron tus antepasados –una sonrisa furtiva se asomó a su rostro.

Costaba permanecer seria ante Jack. Quizá eso era parte del problema. ¿Por qué no podía preguntarle abiertamente a qué se debía su súbita frialdad? Tal vez lo hiciera pensar que la aventura significaba algo para ella.

Y no quería que lo pensara, aunque fuera cierto.

En ese momento se abrió la puerta.

–Estamos preparados para volver a rodar. Nos encantaría que vinierais y siguierais hablando de las cosas que habéis encontrado.

–Claro –Vicki se estiró–. Vayamos a manipular el tesoro.

Había oscurecido cuando finalmente todo el equipo se marchó. Jack parecía algo nervioso, lo que jamás habría creído posible de no haberlo presenciado con sus propios ojos. Tenía los hombros tensos y se lo veía ceñudo.

La gente de la televisión había dejado la cuidadosa organización que ella había hecho de las cajas en completo desorden, pero carecía de la energía para colocarlo todo en su sitio.

–¿Cuándo emitirán la historia?

De pie ante uno de los ventanales, bebían una copa mientras contemplaban el océano iluminado por la luna.

–Esta noche, supongo. Ni siquiera sé a qué hora dan las noticias aquí.

Se situó detrás de ella, cerca, pero no lo bastante para tocarla. La piel le hormigueó ante esa proximidad. Crispada, se preguntó por qué demonios no podía tocarla. El vino no ayudaba, ya que potenciaba la languidez sensual en el cálido aire nocturno al tiempo que desterraba sus inhibiciones.

Hacía que anhelara un beso prolongado, lento y seductor.

Cruzó los brazos.

–¿Tienes frío?

–No. Supongo que deberíamos ver la tele para comprobar qué enfoque le van a dar a la historia –al menos si la emitían ese mismo día, no tendrían tiempo para hurgar en su pasado. Y tampoco podía seguir ahí quieta. La presión arterial le subía por momentos.

–Sí –pero no se movió–. Vicki.

Su voz exhibió una vacilación inusual.

–Sí, la misma –y de inmediato se maldijo por la réplica irritada.

–Desde luego –corroboró él con suavidad.

Entonces, dio media vuelta y la dejó sola en el linde de la oscuridad. Fuera cual fuere la confesión íntima que había estado a punto de hacer, quedaría para siempre sin pronunciar.

Y la culpa la tenía solo ella.

Se apartó del cristal y no le extrañó que el único hombre que en ese momento iba tras ella fuera Leo Parker. Un hombre tenía que estar loco o ser estúpido para querer conquistar a alguien tan difícil.

–¿Estás bien, Vicki? Respiras de forma rara.

Las emociones se le acumulaban en el pecho.

–Estoy bien. Solo ha sido un día largo.

–Si quieres, puedes ir a acostarte. Mañana te contaré lo que pongan en las noticias.

La idea de dormir sola en la cama de Jack hizo que encorvara los hombros.

–No, gracias. Me quedaré despierta un rato –toda la noche, si era necesario. Si la copa estaba allí, la encontraría. Y si no, de todos modos pensaba largarse.

Eso o perder la cordura. Llevaba demasiado tiempo ofreciendo una fachada de templanza y valor. Hasta ese momento la habían mantenido la promesa de un futuro brillante y su propia autoestima. Pero ya se había quedado sin fuerzas.

Cerró la puerta del ventanal y siguió a Jack al interior de la sala de estar, donde un sofá enorme abarcaba tres paredes, de modo que un grupo de gente pudiera mirar junta la enorme pantalla plana montada en la pared.

Él se había acomodado en el asiento de piel, pero ella se mantuvo pegada contra la pared próxima a la puerta, preparada para escapar. Él buscó la cadena local. Las noticias ya habían empezado.

–Quizá nos lo hemos perdido –comentó Vicki sin importarle mucho una cosa u otra. Lo único que necesitaba era el cáliz.

–No será el tema principal, ya que no hay derramamiento de sangre. Además, ha empezado hace cinco minutos. Tal vez sea la historia positiva del final.

Para mantenerse ocupada, sirvió dos copas del vino abierto sobre el aparador del bufé, pero sin tocar la suya, temerosa del efecto embriagador sobre sus emociones a flor de piel.

–¡Aquí está! –Jack se adelantó cuando en la pantalla apareció una imagen de su barco al tiempo que una voz entusiasmada explicaba el nuevo hallazgo.

La vista aérea, sacada probablemente desde un helicóptero, dio paso a la reportera que los había entrevistado ese día.

–El residente local, Jack Drummond, ha realizado otro sensacional descubrimiento, el pecio hundido de un barco pirata de hace trescientos años situado justo ante nuestras costas. Y lo mejor es que el pirata era su propio antepasado, Macassar Drummond.

Jack sonrió, disfrutando de la narración mientras la mujer continuaba con la historia de la zona y cómo la Costa del Tesoro había recibido ese nombre por los habituales encuentros entre los navíos cargados de riquezas y las tormentas tropicales que azotaban dicha costa.

Vicki miró fijamente la imagen de sí misma cuando pasaron a una toma del interior de la casa. Se veía más seria y menos glamurosa que lo que había imaginado. Junto a Jack, que brillaba como una estrella de Hollywood ante la cámara, parecía pequeña, casi insignificante, mientras parloteaba sobre las técnicas de indexado del material. Era un milagro que no hubieran eliminado esa parte, aunque no tardaron en pasar a otra toma en la que se veía a Jack en la proa de su barco, con el pelo agitado por el viento y el sol reflejándose en su piel bronceada.

—Bueno, ha sido inocuo —Jack sonrió encantado cuando dieron paso a la publicidad—. Creo que hemos ofrecido una imagen muy profesional. Nada mal para el descendiente de piratas famosos.

—Me voy a examinar unas cuantas cajas más.

—¿Sigues buscando ese condenado cáliz? —preguntó con humor en la voz.

—No vengas a llorarme si terminas viviendo feliz para siempre gracias a que lo haya encontrado.

—Yo no contaría con ello. Me voy a la cama. Mañana tenemos que madrugar para poder espantar a cualquier buitre que empiece a dar vueltas sobre el emplazamiento.

—Estupendo. Nos vemos mañana.

Salió y marchó por el pasillo. No pensaba quedarse para escuchar una explicación cortés sobre el motivo de que fuera más lógico dormir en otra habitación.

Encendió el ordenador y repasó de forma metódica los archivos de rayos X, escrutando cada uno en busca de una forma que pudiera ser una copa o una base. Una sombra oval blanca en la imagen C53 hizo que se detuviera. Inclinada de otra manera, podría ser redonda. Lo que significaría la posibilidad de una base o una copa. Se dijo que valía la pena investigarlo.

Redistribuyó la pila de cajas para liberar la número 53, luego extrajo la masa goteante que había en el interior, enorme y pesada, y la extendió sobre algunas toallas en el suelo. Empezando con un cincel pequeño y bajando poco a poco hasta manejar uno minúsculo, eliminó las capas de arena y coral.

Al acercarse al objeto misterioso que había visto en los rayos X, la sangre comenzó a bombearle con más fuerza. Tenía una sensación real con esa cosa y su instinto no solía fallar. Algo en ese objeto le disparaba su sexto sentido.

Si la historia de Katherine Drummond era real, podía encontrarse a milímetros de revelar parte de un cáliz medieval que nadie había visto en trescientos años.

La materia sedimentada se desprendió con facilidad y reveló el borde de una copa. Se mordió el labio, temerosa de dar rienda suelta a sus esperanzas. El interior de la copa estaba lleno de arena, por lo que decidió separar primero el exterior para hacerse una idea de la edad de ese objeto antes de ocuparse del contenido.

El trabajo cuidadoso reveló un delicado patrón tallado que salía casi completamente ileso de su abrigo de cemento submarino. Y parecía igual que el dibujo tallado en el segmento del tallo que habían hallado en la mansión de Long Island de Sinclair Drummond.

«Lo he encontrado». El alborozo se mezcló con una inoportuna tristeza. Ya podía irse. Probablemente jamás volvería a ver a Jack Drummond.

Qué alivio.

Entonces, ¿por qué sus entrañas enviaban señales de alarma?

Capítulo Diez

Con su contenido aún rocoso, la copa era pesada y grande como el puño de un hombre. La envolvió en una toalla de mano para proteger sus superficies al tiempo que para ocultarla. No sabía muy bien la razón.

Guardó el resto de la caja 53 y secó el agua que había vertido; luego, con la copa envuelta, se dirigió al dormitorio. Pretendía irse sin decírselo a Jack. Por la mañana aduciría agotamiento y dejaría que se marchara con el equipo, después llamaría una lancha taxi y regresaría a la civilización.

Y para cuando él volviera por la noche, ella ya estaría a salvo en Nueva York, recogiendo la recompensa de Katherine Drummond. Desde la distancia, le mandaría a Jack la parte de la recompensa que le correspondía.

Rezó para no despertarlo, ya que no quería volver a verlo. Le dolía y la humillaba sentir algo por él incluso después de que la rechazara otra vez.

Abrió con cuidado la puerta de su dormitorio. Encendió la luz, pero le irritó la vista, por lo que volvió a apagarla. Tenía la bolsa de la ropa en la cómoda. Desenvolvió el fragmento de la copa, volvió a envolverlo en la parte inferior de unos pijamas de franela y lo metió en la bolsa. Tendría que recordar llevarla con cuidado al día siguiente.

Se quitó la ropa y se dirigió a la cama. Se dijo que se quitaría el maquillaje al día siguiente. Alzó el edredón de la cama alta, lista para meterse entre las sábanas y disfrutar del colchón mullido.

Fue en ese momento cuando descubrió que había alguien más.

Jack sonrió en la oscuridad cuando Vicki se acostó. La luz lo había sacado de un sueño profundo y se había preguntado si verlo allí sin esperárselo haría que ella saliera corriendo.

Vicki había titubeado, pero terminó por tumbarse y quedarse quieta. Él anhelaba extender los dedos y posarlos sobre las caderas o la cintura de ella.

Pero vaciló. Ese día había estado tan silenciosa, casi vulnerable, como nunca antes la había visto. Se preguntó si esa era la causa de que hubiera ido a su cama. La había evitado durante dos días porque no quería darle falsas esperanzas.

¿Falsas esperanzas? ¿Quién era él para ser tan arrogante? La única prueba de que Vicki quería una relación eran sus inconscientes divagaciones nocturnas.

Pero en ese momento, cuando parecía tan… abatida, ¿creía que sus brazos afectuosos eran la receta perfecta? Los motivos que tenía para estar allí de pronto parecieron tontos e insensibles.

Respiró hondo. Todo era demasiado confuso.

No le extrañó que sus relaciones rara vez sobrevivieran al primer año. El mar podía resultar duro e impredecible, pero carecía de motivos ocultos y deseos inescrutables que podían convertirse en un remolino que succionaba a cualquiera cuando menos se lo esperaba.

Con delicadeza, alargó una mano para explorar. Se posó sobre el muslo suave de Vicki. Y ella no se la apartó.

Sintió que la respiración de ella se aceleraba y que la suya la seguía a medida que se acercaba. La fragancia de ella le encendió la sangre. Estaba de espaldas a él, de modo que se encontró con la deliciosa curva de ese trasero y se detuvo para disfrutar de la descarga de sensaciones.

Vicki no se había movido. Los dedos curiosos tocaron la curva de su pecho y captaron el latir fuerte de su corazón.

Se volvió hacia él levemente, solo lo suficiente para que le besara la mejilla. Desde allí, de algún modo los labios ascendieron hasta su boca cuando ella se volvió y lo rodeó con los brazos. Sintió un nudo en el pecho cuando le devolvió el beso.

«Te amo, Jack. Siempre te he amado». Las palabras mudas revolotearon en su cabeza. Dos frases pronunciadas con años de separación que lo habían espantado. En ese momento no hicieron nada para apagar su deseo intenso. De hecho, lo potenciaron.

«Yo también te amo, Vicki». No lo dijo. Solo dejó que el pensamiento flotara en su mente, probándolo. Se expandió y lo llenó con una ligereza extraña. Se sentía bien entrelazado con ella. Era un placer puramente físico con el que se sentía cómodo y que conocía.

Sin embargo, con Vicki siempre había más. Un componente emocional que lo desconcertaba y hacía que se preguntara si entraba en profundidades desconocidas.

El beso se intensificó mientras sus manos se recorrían mutuamente. Cuando Jack ya no pudo soportar más esa sensación creciente, la penetró. Ella soltó un ligero gemido de placer y durante un instante le clavó las uñas en la piel antes de arquearse para permitirle una penetración mayor.

Se movió despacio, flotando en el mar de emociones que lo inundó. Los últimos dos días había luchado contra un impulso constante de hacer eso… de perderse en ella. Esas noches solo en el cuarto de invitados lo habían empujado casi a la locura sabiendo que la tenía a solo unos metros, que Vicki lo deseaba y que él era demasiado… gallina para ir a su encuentro.

Rio al comprender lo ridículo que había sido su comportamiento.

−¿De qué te ríes? −jadeó ella mientras las sensaciones no paraban de crecer entre ellos.

−No puedo creer lo estúpido que soy −repuso con voz ronca−. Por dormir solo cuando podríamos haber estado haciendo esto.

−Estoy de acuerdo. Pero la inteligencia jamás fue tu punto fuerte. Eres más un hombre de acción.

–Cierto.

El intento de no dejar llevarse por sus instintos primarios en las últimas noches había estado a punto de acabar con él. Pero conseguir lo que tanto había anhelado en todo momento resultaba tan agradable que sabía que podría explotar en cualquier instante.

Aunque no lo hizo. Logró contenerse, moviéndose despacio, cambiando de posición, disfrutando de la excitación de hacer que Vicki jadeara y gimiera mientras el placer la recorría con la misma intensidad demencial.

De un modo misterioso, Vicki y él estaban hechos el uno para el otro. Incluso durante los años de separación, algo los había unido. Un hilo misterioso del destino que al final los había vuelto a acercar.

–Espero que nunca encuentres la copa –musitó entre besos ardientes. Esa búsqueda la había devuelto a su vida y podría arrebatársela. En ese momento resulta algo inconcebible.

La respiración de ella cambió levemente, casi como si la contuviera, y el ritmo conjunto se ralentizó. Vicki no respondió. Él le mordisqueó el lóbulo de la oreja y luego se lo lamió, algo que siempre la había enloquecido.

Entonces gimió y se retorció debajo de Jack, invitándolo a penetrarla más, y volvieron a entregarse a ese ritmo que los llevada donde el habla, e incluso el pensamiento, se volvían irrelevantes. Luego rodaron hasta que ella quedó encima y lo cabalgó al galope hasta que ambos estallaron en un clímax que lo dejó extenuado por la propia pasión descargada.

Vicki, Vicki, Vicki. ¿Podría soportar vivir sin ella? En ese momento la respuesta era no.

Oyó a Jack salir de la cama pero mantuvo los ojos cerrados. Aún reinaba la oscuridad, pero sabía que la intención de él era ir hasta el lugar del naufragio antes de que amaneciera para adelantarse a cualquier buscador de tesoros que pudiera haber visto la noticia en la televisión. Contuvo el aliento al oírlo titubear.

—Vicki, ¿vas a venir al barco hoy?

Ella fingió despertar a medias de un sueño profundo.

—Estoy demasiado cansada.

—Duerme bien, preciosa.

Casi abrió los ojos cuando le dio un beso suave. Luego suspiró aliviada al oír que la puerta se cerraba detrás de Jack.

Los recuerdos de la noche anterior la pegaron al colchón. Se preguntó si de verdad él tenía que ir a acostarse con ella solo por el hecho de que podía hacerlo. Resultaba humillante mantener tan poco control en su presencia. Agradeció al cielo haber dado finalmente con la pieza de la copa que le permitiría largarse de allí con la poca dignidad que le quedaba.

Sintió un gran entusiasmo al pensar en la copa. Estaba impaciente por llevársela a Katherine Drummond, y no solo por la recompensa. Katherine había depositado muchas esperanzas en montar todas las piezas del cáliz, y esa misión la había ayudado a recuperarse de una enfermedad peligrosa. Estaría tan complacida de enterarse de que la leyenda familiar podría llegar a materializarse.

Se quedó quieta hasta oír el sonido distante del barco de Jack al zarpar para ir a recoger a los demás. Entonces entró en acción. Debía largarse antes de las nueve, cuando llegaba el ama de llaves. Ya había buscado un servicio de lanchas taxi en Internet. El servicio tenía un precio exorbitante, pero no le quedaba mucha elección, por lo que los llamó. Un hombre de voz sorprendida le dijo que podrían estar allí en media hora.

Se duchó, se arregló el cabello lo mejor que pudo y después se puso un atuendo completamente negro que parecía idóneo para la sombría tarea de escapar de la isla de Jack.

Una vez guardadas todas sus pertenencias, pensó que lo echaría de menos. Quizá esa era la peor parte. Ya había echado de menos durante seis años en su vida esa energía jubilosa que irradiaba.

Los últimos días le habían recordado cuánto disfrutaba de su compañía y la originalidad e intensidad que aportaba a todo lo que hacía. No había muchos hombres como él.

De hecho, ninguno.

Con la bolsa de viaje al hombro, fue a la cocina para prepararse un sándwich de pavo para el viaje, que guardó en un compartimento exterior.

Ver todos los contenedores con el tesoro le provocó otro aguijonazo de dolor. Sería tan divertido quedarse y ver cómo poco a poco el pasado emergía de ese envoltorio de coral y arena. Jack era afortunado… en realidad, brillante, al haber podido labrarse una vida haciendo exactamente lo que le encantaba. Lo admiraba y lo envidiaba, lo que no le facilitaba nada marcharse.

Le dejó una nota en el ordenador. Al menos allí era poco probable que el ama de llaves la encontrara y la leyera.

Para cuando leas esto, estaré en Nueva York. Encontré la pieza de la copa que estaba buscando y me aseguraré de que recibas la mitad de la recompensa. Hay un viejo dicho chino que reza: «Que vivas en tiempos interesantes» y no cabe duda de que en tu compañía siempre lo son. Creo que se supone que es una maldición, así que no desearé que el resto de tu vida sea interesante, porque te deseo lo mejor. Besos,
Vicki

En Nueva York se estableció en el sofá de Zara en la Calle Prince. Probablemente podría quedarse allí una semana bajo el pretexto de buscar un apartamento nuevo, pero como el loft enorme de su amiga era completamente diáfano, pasado ese tiempo la falta de intimidad comenzaría a desquiciarla. Y desde luego no iba a abusar de la hospitalidad de Sinclair Drummond y su nueva novia. La pragmática Annie le caía bien, pero por el motivo que fuera, no parecía existir ninguna reciprocidad en el sentimiento.

Y estaba la incómoda realidad de tener que reclamar una recompensa cuantiosa a un amigo de la familia. Debería fingir que iba a donarla a su organización benéfica predilecta y no explicar que dicha organización era ella misma. Quizá por eso aún no había llamado a Katherine para informarle del hallazgo. Decidida a acelerar las cosas, alzó el auricular del teléfono.

—¡Vicki! Me preguntaba cuándo llamarías. Por las historias que están apareciendo en la tele, es evidente que no tuviste ningún problema en localizar a Jack.

—Los Drummond son fáciles de encontrar porque permanecen en la misma casa trescientos años.

Katherine rio.

—¡Es tan cierto! ¿Y encontraste la copa en el naufragio recién descubierto?

—Es una larga historia.

Quedó en ir a visitarla al día siguiente a Long Island.

Fue en tren para evitar el gasto de alquilar un coche y no le sorprendió ver que era Annie quien la recogía en la estación. Vicki la saludó con un gesto amigable de la mano.

—Veo que sigues siendo la persona más servicial de Dog Harbor —una vez más, Annie se puso rígida.

Intentó recoger su bolsa para guardarla en el maletero, pero ella la retuvo–. Puedo hacerlo yo. No eres más fuerte que yo y ya no eres el ama de llaves.

–¿Has tenido un buen viaje? –preguntó Annie con severa modestia.

–No peor que de costumbre. Annie, ¿puedo pedirte que seas absolutamente sincera conmigo? –ocupó el asiento del acompañante.

–De acuerdo –aceptó Annie con poco entusiasmo mientras salía del aparcamiento.

–Veo que no te caigo bien, y me pregunto por qué –la miró y vio que por primera vez llevaba suelto el bonito cabello rubio.

Annie le lanzó una mirada que solo podía calificarse de angustiada.

–Para empezar, nunca sé qué vas a decir. Y cuando dices algo, por lo general me desconcierta. Con franqueza, me asustas un poco.

–Oh –Vicki respiró hondo–. Lo siento –se sentía reprendida. No solía preocuparse demasiado de los sentimientos de otras personas. Quizá porque no era la persona más sensible del mundo. A menudo ni siquiera se daba cuenta de que le caía mal a alguien hasta que otra persona se lo indicaba. E incluso entonces, solía importarle poco.

Pero, de algún modo, quería caerle bien a Annie y le dolía no lograrlo.

–¿Y sabes un cosa? –continuó Annie ligeramente ceñuda–. Me resultó extraño ser el ama de llaves y haber atendido a la gente. Tenía que ser cortés con todo el mundo, lo quisiera o no. Es estresante.

–Y ahora puedes ser todo lo grosera que quieras –Vicki enarcó una ceja.

Annie rio.

–No creo ser capaz de eso. Estoy demasiado reprimida. Pienso que tú y yo somos, simplemente, opuestos.

–Razón por la que yo sería un desastre con el encantador Sinclair y tú eres su pareja perfecta. Pude notarlo desde la primera vez que os vi juntos.

–¿Cómo? –preguntó Annie con sincera curiosidad–. Yo no pensé que fuéramos el uno para el otro. Y dudo mucho que hubiéramos llegado a estar juntos si tú no nos hubieras obligado.

–No puedes engañarme. Ya había sucedido algo entre vosotros.

Annie se mordió el labio.

–Algo… completamente salvaje.

–Que ahora se ha convertido en algo maravilloso, perfecto y jubiloso.

–Y he de reconocerte el mérito cuando dicho mérito es tuyo. Creo que me caes bien, después de todo –le sonrió.

–Espero que me lo contagies, porque yo no estoy segura de caerme bien –miró por la ventanilla.

Los ojos claros de Katherine Drummond se llenaron de lágrimas al ver la copa. Débil aún de una extraña enfermedad tropical, estaba sentada en una silla ante la mesa de comedor de la mansión de su hijo en Long Island.

Sinclair se hallaba cerca, con un brazo en torno a la cintura de Annie, y la atención de todos se centraba en el objeto que Vicki había sacado de la bolsa.

Apagada y todavía con algo de lecho marino incrustado, no impresionaba mucho. De pronto Vicki se preguntó si sería la copa de la familia. Quizá las piezas no encajaran y habría terminado perdiendo el tiempo.

–Vicki, cariño, no puedo creer que te tomaras tantas molestias para encontrar esto.

–Todo fue obra de Jack.

–¿Cómo lo convenciste para que la buscara? Yo ni siquiera conseguí que me devolviera las llamadas.

–Tuve que avivar su instinto de buscador de tesoros. No fue difícil. ¿No deberíamos comprobar si encaja?

Katherine extrajo un pie de aspecto corriente de una caja forrada de tela que tenía delante. Lo apretó en su mano huesuda y la miró.

–Sé que nos queda por hallar la tercera pieza, pero no puedo evitar sentir que en este momento estamos haciendo historia.

Vicki contuvo el aliento. Con esa reliquia Katherine esperaba poner fin a la larga serie de matrimonios desastrosos y tragedias personales en la familia Drummond. Era demasiada esperanza proyectada sobre una simple copa.

Se la entregó y la mujer mayor encajó la base en el agujero de la parte inferior. Se oyó un sonido crujiente cuando lo que quedaba de la arena incrustada y los depósitos minerales rasparon el metal. Vicki deseó haberse tomado tiempo para limpiarla de forma más exhaustiva, pero la había dominado la impaciencia de presentarse allí para reclamar la recompensa.

–Encaja –miró a Vicki con lágrimas brillándole en los ojos–. Mira, Sinclair –la alzó como un sacerdote durante la misa–. ¡La leyenda es real!

–Es estupendo –Sinclair enarcó una ceja.

Vicki tuvo ganas de reír. Sinclair no era el tipo de persona que se entusiasmaba con una antigüedad cubierta de costras. Tampoco su futura esposa. Estaban absortos en los planes para que Annie abriera una tienda de decoración y artículos de jardinería. A ninguno le preocupaba el impacto de las maldiciones y leyendas antiguas sobre su futuro.

–¿Has tenido alguna suerte en ponerte en contacto con la rama escocesa de la familia para averiguar si tenía la tercera pieza? –le preguntó Vicki.

–Ninguna. Es muy frustrante. Estaría muy molesta con James Drummond por tanta grosería, pero al parecer pasa casi todo su tiempo en Singapur, por lo que no estoy segura de que en su mansión escocesa le transmitan mis mensajes. Imagino que tú no estarías interesada en ir a buscarlo, ¿verdad, Vicki?

–No, me temo que debo volver a mi vida en Nueva York –lo último que necesitaba era conocer a otro heredero Drummond–. ¿Y por qué no vas a visitarlo tú?

–Los médicos no me dejan viajar. Mi sistema in-

140

munológico quedó tan maltrecho que les preocupa que hasta un resfriado serio pudiera dejarme postrada –puso los ojos en blanco–. Supongo que tendré que seguir llamándolo y escribiéndole. Tarde o temprano contactaré con él –le dio vueltas a la copa en las manos–. Pero ya siento como si se alzara un peso. Sé que encontraremos la tercera pieza. Mira lo feliz que está Sinclair –miró con cariño a su hijo alto y apuesto.

Este le dedicó una sonrisa de cariño.

–No me cabe ninguna duda y estoy ansiosa de verla entera. Pero, mientras tanto, me temo que he de irme. Quise traerte la pieza que encontré lo más pronto posible, debo hacer muchas cosas –esperó no tener que recordarle a Katherine la recompensa ofrecida. Todo ese tiempo había podido ocultar su falta de dinero, pero la situación empezaba a volverse desesperada.

–Es una pena que la recompensa que me convenciste de ofrecer vaya a manos de gente que ya tiene dinero –dijo Katherine, riendo–. Supongo que siempre puedes dársela a los necesitados.

Vicki logró emitir una risa falsa.

–Por supuesto. Tengo en mente algunas cosas interesantes –«como comer y dormir bajo un techo», pensó–. Y estoy segura de que Jack también.

–Os vi a los dos en las noticias. No pude evitar notar lo buena pareja que hacéis. ¿No crees que es atractivo?

–Supongo –tuvo ganas de suplicarle a Katherine que rellenara el cheque.

–Puede que ahora que se empieza a recomponer la copa, encuentre la felicidad –sonrió con ternura.

–Santo cielo, qué tarde se ha hecho –manifestó Vicki–. Un cheque sería estupendo.

Alquilar un estudio en Sutton Place fue una idea brillante. Su diminuto apartamento se hallaba en la primera planta y daba a la calle. No obstante, la dirección quedaba estupenda en una tarjeta y siempre que lo deseara, podría bajar hasta el paseo marítimo y beber café contemplando Roosevelt Island.

Lo que no la entusiasmó demasiado fue mandarle un cheque por diez mil dólares a Jack Drummond. Había esperado que una vez estuviera en el buzón, podría dejar atrás todo aquel desafortunado episodio. Pero luego se descubrió comprobando de forma obsesiva su saldo bancario para ver si lo había cobrado. Y no lo había hecho.

Las posibilidades danzaban en su cerebro incluso mientras trataba de conseguir que su nuevo negocio despegara.

Había conseguido a sus dos primeros clientes por medio de un decorador que había conocido en una fiesta. El primero era un fabricante de zapatos brasileño que tenía un piso nuevo en Park Avenue con paredes vacías y necesitaba reunir una colección de arte completa a tiempo para la fiesta de compromiso de su hija en seis semanas.

El segundo era un director de arte publicitario

que había heredado varios millones y se había comprado un loft en Tribeca, y quería llenar el espacio con maestros contemporáneos. Se dijo que la vida no podía ser mejor. Estaba muy ocupada llamando a sus contactos y asistiendo a subastas con un presupuesto enorme para comprar cualquier cosa, desde esbozos de Renoir hasta culturas de Rikrit Tiravanija. Con las comisiones que ya había empezado a ganar, estaría de camino hacia la estabilidad financiera para mediados de año.

Pero había un agujero que nada parecía llenar.

Casi había transcurrido un mes desde su regreso. No sabía si debía llamar para averiguar si el cheque se había perdido. Pero cada vez que alzaba el auricular, el corazón le latía con tanta fuerza que siempre terminaba por colgar. Y tampoco él la había llamado, lo que demostraba que la situación le importaba poco.

Pero una noche, el sonido del teléfono la sobresaltó mientras se encontraba ante el ordenador portátil, donde había estado ojeando la lista de una futura subasta en Christie's. En esa ocasión estuvo segura de que era él.

—Hola —maldijo para sus adentros el tono de esperanza que proyectó su voz.

—Vicki —una voz masculina—. Soy Leo.

El corazón se le paró.

—Hola —le habría encantado colgar, pero él tenía algunos contactos buenos como para mostrarse abiertamente grosera.

—¿Cuándo es la boda?

143

–¿Qué? –se golpeó mentalmente al recordar la artimaña del compromiso falso.

–Ya no estás con Jack Drummond, ¿verdad?

La voz tenía un tono que nunca antes le había oído. Probablemente había deducido que todo había sido mentira.

–No. Rompimos. Tengo una llamada en la otra línea. ¿Puedo llamarte?

–No lo harás. Nunca me has vuelto a llamar.

–¿Para qué has llamado? –tarde o temprano se encontraría con Leo, ya que se movían en los mismos círculos, y de esa manera se ahorraría una escena potencialmente embarazosa.

–Lamento que no haya funcionado con Jack Drummond, pero ahora que vuelves a estar soltera, podríamos ir a ver *La traviata* y cenar en Per Se.

Pensó que ese hombre asustaba.

–Sigo enamorada de Jack –al decir las palabras, supo que eran ciertas.

–Entonces, ¿por qué rompiste con él?

–No lo hice. Fue él.

–Escucha, Vicki. He sido muy paciente contigo, pero estás forzando mis vastas reservas. Quiero llevarte a cenar y vendrás. No olvides que estoy al corriente de los problemas financieros de tu familia. ¿Te gustaría que le diera a los medios esa noticia?

–Adelante –y cortó.

Luego suspiró. No le importaba lo que hiciera Leo Parker. No podía vivir con amenazas y secretos pendiendo sobre su cabeza. La gente tendría que aceptarla como era.

***

La historia se fue filtrando a lo largo de la semana siguiente. Una mención en una columna de cotilleos, un comentario en un blog, un artículo de opinión sobre los privilegios y la codicia... y los resultados fueron desastrosos. Sus dos clientes se marcharon en direcciones opuestas, dejándola con dos cheques para tres obras de arte que ya había adquirido como únicos bienes de su breve carrera de compradora de arte para los ricos y famosos. Se retiró a su estudio de Sutton Place para lamerse las heridas.

–Nadie lo recordará en un mes –Annie la había llamado para consolarla después de leer una historia en el *Huffington Post*–. Estas cosas mantienen la atención brevemente antes de que la gente pase por completo a otra cosa.

–Me sorprende que a alguien le importe, aunque supuse que sería así, razón por la que oculté la verdad durante tanto tiempo. La pobreza es aterradora para los ricos.

Annie rio.

–No se puede decir que seas pobre?

–Es lo que tú crees –fue un alivio poder ser sincera–. Se me da bien mantener las apariencias. Llevo casi un año viviendo al límite. ¿Por qué crees que pasé tanto tiempo revoloteando alrededor de Sinclair y de ti?

–Pensé que te caíamos bien. ¿Qué vas a hacer?

–Sobreviviré. Quizá viaje a Escocia con la esperanza de obtener el resto de la recompensa.

–¿De verdad?

–No –un sonido sordo la sobresaltó–. He de cortar. Alguien llama a la puerta –lo que era raro. Por lo general, el conserje anunciaba por teléfono interior la llegada de cualquiera. Se despidió antes de colgar.

Algo en su interior disparó las alarmas. ¿Podría ser Leo Parker? Era obvio que estaba loco, era vengativo y quería hacerle daño.

–¿Quién es?

–Jack.

Capítulo Once

Abrió la puerta y permaneció muda unos treinta segundos.

–¿Cómo me has encontrado?

–Soy un buscador de tesoros –esbozó una sonrisa traviesa y los ojos oscuros le brillaron de placer–. Si vale la pena encontrarlo, lo encuentro.

Para sus adentros, ella maldijo el modo en que el cuerpo ya empezaba a responder a su presencia.

–¿Por qué?

–Primero, para decirte que no quiero ninguna parte de la recompensa –entró sin preguntar y cerró a su espaldas.

–Pero tú… Sé que andas escasa de dinero y tú sabes que yo no.

Costaba más aceptar su compasión que el hecho de que la echara de su cama. La invadió la humillación.

–Estoy bien –la protesta parecía idiota una vez que todo el mundo estaba al corriente de sus apuros financieros–. Y tú debes irte.

La peor parte era el deseo que sentía de correr a sus brazos.

–Jack –continuó–, no sé qué pretendes, pero no hay ningún motivo para que estés aquí y…

–¿Ningún motivo? Te escabulliste con la reliquia de mi familia. Ni siquiera tuve la oportunidad de verla –el brillo travieso en sus ojos contradecía el supuesto enfado que lo embargaba.

–Esa copa nunca te interesó. Además, yo no la tengo. Se la di a Katherine.

Él suspiró.

–Lo sé. Vengo de una reunión conmovedora con esa rama de la familia. Sinclair y Annie forman una bonita pareja y tengo entendido que tú desempeñaste una parte vital en su unión.

–Al menos he hecho algo bueno este año.

–Te echo de menos, Vicki –habló sin rodeos, sin humor burlón–. Era feliz hasta que apareciste tú.

–Y lo estropeé todo. Es la historia de mi vida –alzó las manos con el afán de romper la tensión que flotaba en el aire–. Tengo el don de incomodar a la gente –plantó las manos en las caderas. La emoción se incrementó en su interior, todo el dolor acumulado y el afecto frustrado que jamás había podido expresa–. De verdad que tienes que irte.

–No pienso ir a ninguna parte. ¿Por qué huiste?

–Es mi apartamento. Creo que soy yo quien decide quién entra –cruzó los brazos y sintió que le martilleaba el corazón–. Y no hui. Sencillamente, me marché.

–Sin decírmelo.

–No quería una escena –alzó el mentón.

–¿Pensaste que montaría una? –el humor regresó a sus ojos.

–Quizá temía que no la montaras –se encogió de

hombros–. Jamás debí haber vuelto a acostarme contigo. Fue un gran error.

–No –contradijo con suavidad–. Eso mismo pensé yo al principio. Por eso me eché para atrás y fui a dormir a la otra habitación –se mostró tímido–. Es el único error que cometí. Fui un idiota y te pido disculpas. Jamás quise dormir en otra parte que no fuera a tu lado.

Vicki tembló. ¿Jack Drummond disculpándose? Estaba sucediendo algo muy extraño.

–Entonces, ¿por qué lo hiciste?

–Mientras dormías, dijiste algo que me asustó –repuso tras un titubeo. Luego ladeó la cabeza y la miró con ojos entrecerrados–. Dijiste que me amabas.

El rubor le inundó el rostro a Vicki.

–Debiste oír mal –había dicho eso mismo seis años atrás, pero antes se cortaría la lengua que cometer el mismo error.

Él movió la cabeza.

–Tan claro como el agua. No estabas despierta y no me cabe duda de que no pretendías que yo lo escuchara –frunció el ceño–. Dijiste que siempre me habías amado. No te imaginas cuánto me asustó eso.

–Apuesto que sí. Qué pesadilla –contuvo el impulso de saltar por la ventana–. ¿Y has venido a verme con la esperanza de echar unas risas?

–No –avanzó con frustración–. He venido a verte porque he comprendido que… –frunció el ceño– yo también te amo.

Vicki se quedó boquiabierta. Había hablado despacio, como si sintiera cada palabra. Reverberaron en su corazón, aunque seguía sin creerlas.

–¿Te metes conmigo porque no me despedí de forma adecuada? –dijo, convencida de que él soltaría una carcajada en cualquier momento.

–Esto no se me da bien. No he tenido práctica. Sin ti soy infeliz y no quiero serlo.

La expresión intensa en sus ojos castaños la sorprendió.

No tenía idea de qué decir. Los pensamientos se arremolinaron en su mente. Jack la amaba. Había ido a Nueva York para buscarla. Quería llevársela con él. ¿Podía ser real?

–Quiero que regreses a mi isla. Todo el lugar parece vacío sin ti. Hasta en mi barco da la impresión de que falta algo.

–Ese no es mi sitio –intentaba convencerse a sí misma. Desde que se marchara, había echado de menos la condenada isla cada minuto. Y la cama cómoda donde los antepasados de Jack habían dormido bajo el mapa–. Soy neoyorquina de corazón y tú lo sabes –¿se lo creería? Ella no. Pero sí sabía que si volvía con él, se cansaría de ella en cuanto la emoción se desgastara.

Él avanzó otro paso.

–No creo que en tu corazón seas neoyorquina. Creo que amas la aventura y el descubrimiento. Te adaptaste al agua como un pez y sé que disfrutaste explorando el pecio y extrayendo sus tesoros.

–Claro –se encogió de hombros–. Pero eso no

significa que vaya a olvidarme de toda mi vida para correr detrás de ti. Acabo de iniciar mi propio negocio –no importaba que ya se hubiera ido a pique–. Necesito volver a levantarme y descubrir qué es lo que de verdad quiero.

Y no importaba que lo que realmente quería fuera a Jack. Ya había aprendido que eso no funcionaba.

Él le tomó las manos.

–Te amo, maldita sea. No puedo vivir sin ti. Quiero que seas mi esposa.

Vicki fue incapaz de moverse. ¿Quería casarse con ella? No imaginaba a Jack casándose con nadie.

–¿Has perdido el juicio?

–Al parecer, sí. Y solo hay un modo de recobrarlo –sin soltarle las manos, se apoyó en una rodilla–. Vicki St. Cyr, ¿quieres casarte conmigo?

Lo miró fijamente.

–Debo estar soñando. O alucinando. Quizá he caído en un estado febril y perdido temporalmente el juicio.

–Ya somos dos, entonces. No aceptaré un no por respuesta.

Una sonrisa se abrió paso hasta sus labios.

–Te amo, Vicki. Creo que te he amado desde la primera vez que te vi. Pero era demasiado cobarde para reconocerlo. Ahora soy más fuerte y valiente y he venido a reclamarte –le apretó las manos y se puso de pie.

–Te amo, Jack. Siempre te he amado.

La cara se le iluminó.

–Pero los dos somos espíritus libres, Jack. Por eso nunca ha funcionado entre nosotros.

–Podemos serlo juntos. ¿Por qué no? Si quieres estar en Nueva York, entonces yo también puedo pasar tiempo aquí. Es fácil volar, o navegar, de un lado a otro. Y los fines de semana podemos ir a Madagascar o Brasil.

Finalmente rio, liberando la tensión.

–Suena tan loco y tonto que hasta tiene sentido –él le soltó las manos y la rodeó con los brazos–. Oh, Jack, estamos perdidos, ¿no?

–Sí. Tendremos que atarnos juntos como supervivientes de un naufragio y esperar lo mejor.

Apoyó la mejilla contra su torso, más que nada para escapar de su intensa mirada.

–Me encanta tu isla. Y sería un lugar divertido para que los niños crecieran en él –el silencio fue ensordecedor y se preguntó si de verdad había dicho eso.

–No voy a presionarte para tener hijos. Tomaremos juntos cualquier decisión importante.

–Hagamos lo que hagamos, sé que será una aventura.

Sus labios terminaron por encontrarse y una oleada de alivio rompió sobre ella mezclada con la intensa excitación de besar a Jack.

Cuando al fin se separaron lo suficiente para poder hablar, él no le soltó la cintura.

–Fui a tu cama aquella última noche porque al fin comprendí que era un idiota perdiendo una noche más lejos de la mujer que amaba.

–Debiste sentirte bastante molesto al ver mi nota a la mañana siguiente –comentó con el corazón desbordado.

–Mi primer impulso fue ir tras de ti y arrastrarte de vuelta, pero mi orgullo me lo impidió. Aunque terminó por desvanecerse –sonrió con picardía–. Así que aquí estoy. Me merezco que me abandones y te prometo que dedicaré el resto de mi vida a compensártelo.

–Suena como un buen plan.

Epílogo

Seis meses después

–Me sorprende cuánto se reducen las primas de los seguros cuando les informas de que guardas el artículo asegurado en una isla privada –Vicki retrocedió unos pasos para echarle un vistazo mejor al pequeño y bonito Vermeer que había conseguido en Brujas.

Jack estaba sentado en el sofá grande sosteniendo un mosquete pesado y oscurecido por el tiempo.

–A mí no me hacen falta seguros. Mi seguro es mi reputación. Todo el mundo sabe que colecciono mosquetes.

–Y cañones.

–Y balas de cañón. Y pólvora –rio–. Pero las cosas que tú traes a casa son más bonitas.

–Sí, ¿verdad? Estoy impaciente por encontrarle un hogar adecuado. Preferiblemente, rico.

–Me encanta tu veta mercenaria –dijo él, riendo–. En especial porque te ha devuelto a mi vida.

–Doné la recompensa de veinte mil dólares de Katherine a obras de beneficencia. Consideré que era lo correcto ahora que he vuelto a levantarme –era tan agradable volver a tener dinero que poder dar. O con el que divertirse. Aún se estaba extrayendo y limpiando el tesoro del naufragio, que aportaría millones en los próximos años–. ¿Adónde iremos ahora?

–Eso depende de lo que busquemos… un viejo naufragio o un cuadro valioso. Hemos tenido tanta suerte con ambas cosas últimamente que cuesta decidirlo. ¿Han tenido alguna noticia del Drummond escocés que supuestamente posee la base de la copa?

–Ninguna, según lo último que sé. Es una especie de pez gordo de las finanzas que pasa todo su tiempo en Singapur. Esos magnates no aprecian los tesoros raros y sus misterios.

–Cierto. Y por lo que sé, James Drummond sigue soltero. Encontrar su tercio de la copa podría ponerle remedio a esa situación.

Vicki rio.

–Quizá por eso no quiere saber nada del asunto.

Jack dejó el mosquete y cruzó la estancia. La rodeó con los brazos.

–No sabe lo que se pierde.

–Supongo que nadie lo sabe hasta que el amor te golpea cuando menos te lo esperas –le pasó el dedo pulgar por la mejilla áspera–. Desde luego, yo no pensé que volvería a enamorarme locamente. Y menos con el hombre que me partió el corazón.

–Soy afortunado de que seas lo bastante impetuosa como para cometer ese error dos veces –la besó en los labios–. Adoro a la mujer que no le da miedo meterse en problemas.

–¿Cómo me haces esto? –tuvo un escalofrío mientras le mordisqueaba el lóbulo de la oreja.

–Soy un dedicado estudiante de tus zonas erógenas –a través de la blusa fina le acarició el pezón con el dedo pulgar. De inmediato creció bajo la presión–. Estoy trazando un mapa mental del tesoro de todas ellas.

–¿Y eso te llevará hasta el punto marcado por la X?

–Oh, ya sé dónde se encuentra ese punto –gruñó suavemente en su oído–. Vayamos a explorarlo ahora mismo.

Corrieron por el pasillo, descalzos y silenciosos sobre las baldosas, y se subieron a la antigua cama tallada donde pasaron innumerables noches haciendo el amor bajo el mapa secreto que habían encontrado juntos.

En el Deseo titulado
Una trampa muy dulce,
de Jennifer Lewis,
podrás finalizar la serie
LA LLAVE DEL AMOR

La conquista del jeque

OLIVIA GATES

Para el príncipe Haidar Aal Shalaan tomar las riendas de aquel reino sumido en el caos era una cuestión de honor. Pero sus rivales al trono no eran fáciles de derrocar. Y luego estaba Roxanne Gleeson, la única mujer cuyo recuerdo no podía borrar de su mente, la amante que una vez le había rechazado y que fingía un frío desdén hacia su salvaje pasión pasada… y todavía presente.

Pero Haidar no renunciaría ni al trono de su tierra natal ni a llevarse otra vez a Roxanne a la cama. Lo primero era su derecho de cuna, y lo segundo el deseo de su corazón. Y juntos suponían su redención.

¿Conseguiría el trono y el amor?

¡YA EN TU PUNTO DE VENTA!

Acepte 2 de nuestras mejores novelas de amor GRATIS

¡Y reciba un regalo sorpresa!

Oferta especial de tiempo limitado

Rellene el cupón y envíelo a

Harlequin Reader Service®
3010 Walden Ave.
P.O. Box 1867
Buffalo, N.Y. 14240-1867

¡Sí! Por favor, envíenme 2 novelas de amor de Harlequin (1 Bianca® y 1 Deseo®) gratis, más el regalo sorpresa. Luego remítanme 4 novelas nuevas todos los meses, las cuales recibiré mucho antes de que aparezcan en librerías, y factúrenme al bajo precio de $3,24 cada una, más $0,25 por envío e impuesto de ventas, si corresponde*. Este es el precio total, y es un ahorro de casi el 20% sobre el precio de portada. ¡Una oferta excelente! Entiendo que el hecho de aceptar estos libros y el regalo no me obliga en forma alguna a la compra de libros adicionales. Y también que puedo devolver cualquier envío y cancelar en cualquier momento. Aún si decido no comprar ningún otro libro de Harlequin, los 2 libros gratis y el regalo sorpresa son míos para siempre.

416 LBN DU7N

Nombre y apellido	(Por favor, letra de molde)
Dirección	Apartamento No.
Ciudad	Estado Zona postal

Esta oferta se limita a un pedido por hogar y no está disponible para los subscriptores actuales de Deseo® y Bianca®.
*Los términos y precios quedan sujetos a cambios sin aviso previo.
Impuestos de ventas aplican en N.Y.

SPN-03   ©2003 Harlequin Enterprises Limited

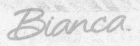

El infierno no tiene tal furia...

Para Tarn Desmond la familia lo era todo. Así que cuando Caspar Brandon, un poderoso magnate, destrozó a su adorable hermana, Tarn decidió que ese playboy debía pagar por ello.

Caz se sintió intrigado por la belleza de la chica nueva de su oficina... Nunca lo habían rechazado y eso intensificó el deseo que sentía por ella.

A medida que el engaño de Tarn avanzó, su determinación se debilitó ante la insistente provocación sensual de Caz.

Ella no había contado con que la venganza pudiera costarle un precio tan alto: su corazón... ¡y su cuerpo!

Deseo implacable

Sara Craven

¡YA EN TU PUNTO DE VENTA!

Notas de seducción

HEIDI RICE

Ruby Delisantro no se sonrojaba nunca, pero cuando el irritante Callum Westmore la miró por vez primera, se puso roja como una amapola. Su cuerpo había acertado al reaccionar así porque, después de que el descapotable de Callum chocara con su coche, su vida no volvería a ser la misma.

Ruby siempre había impuesto su voluntad en las relaciones sentimentales, pero algo le decía que Callum había descubierto la ternura que había en ella por debajo de su lenguaje brusco e ingenioso. Corría el peligro de perder el control y, peor aún, de que le gustara.

Un problema como anillo al dedo

¡YA EN TU PUNTO DE VENTA!